Ingmar Bergman

Cris et chuchotements

suivi de

Persona

et de

Le lien

Traduit du suédois
par Jacques Robnard
et Catherine de Seynes

Gallimard

Titres originaux :

VISKNINGAR OCH ROP — PERSONA — BERÖRINGEN

Ingmar Bergman est né à Uppsala (Suède) en 1918, fils d'un pasteur luthérien à la morale rigide — qui deviendra bientôt le pasteur d'une importante paroisse de Stockholm — et d'une mère dominatrice. Enfant maladif, à l'imagination débordante, il tente très tôt d'échapper au carcan familial. Il se consacre alors au théâtre universitaire au cours des années 1937-1940 et est engagé par la SF (Svensk Filmindustri) pour remanier des scénarios. Il écrit son premier scénario, *Tourments*, qui est tourné en 1944 par Alf Sjöberg et réalise lui-même son premier film *Crise* en 1945. Directeur du Théâtre municipal de Helsingborg (1944-1945), puis metteur en scène aux théâtres de Göteborg (1946-1949), de Malmö (1953-1960) et finalement au Théâtre Dramatique de Stockholm, il devient entre 1963 et 1966 le directeur de cette scène nationale, l'équivalent, en Suède, de la Comédie-Français en France.

Tout en travaillant au théâtre, il tourne ses films — de préférence en été — et ce seront, entre autres : *La Prison* (1948-1949), *Monika* (1952), *La Nuit des forains* (1953), *Sourires d'une nuit d'été* (1955) — qui remporte le Prix spécial du jury à Cannes en 1956 — *Le Septième Sceau* (1956), *Les Fraises sauvages* (1957), *Le Visage* (1958), *À travers le miroir* (1961), *Les Communiants* (1961-1962), *Le Silence* (1962), *Persona* (1965), *Cris et chuchotements* (1971), une série impressionnante de films portant son empreinte très personnelle et pratiquement tous écrits par lui. Son premier grand feuilleton pour la télévision, *Scènes de la vie conjugale* (1972) fascine la Suède entière ; une version cinématographique est faite en 1974 en même temps que Bergman tourne pour la télévision l'opéra de Mozart *La Flûte enchantée*, suivi de *Face à face* (1975).

À la suite d'un litige avec le fisc, inutilement monté en épingle par les autorités, Bergman quitte temporairement la Suède et s'installe à Munich où il tourne *L'Œuf du serpent* (1976) puis *De la vie des marionnettes* (1979-1980) et c'est en Norvège qu'il tourne *Sonate d'automne* (1977). De retour en Suède, il y tourne *Fanny et Alexandre* (1981-1982) qui sera, annonce-t-il, sa dernière création pour le grand écran. Il tournera cependant quelques œuvres pour la télévision, dont *Après la répétition* (1983) et un tout petit film consacré aux photos de sa mère, *Le Visage de Karin* (1986). Il continue ses mises en scène au théâtre.

Il publie en 1987 un essai autobiographique *Laterna magica*, suivi en 1990 par une analyse de ses films : *Images*. Il écrit enfin le roman-scénario *Les Meilleures Intentions*, consacré à l'histoire de ses parents ; ce n'est pas lui qui tourne ce feuilleton de télévision, mais le metteur en scène danois Bille August qui remportera, avec le film qui en est tiré, la Palme d'or du festival de Cannes 1992.

Cris et chuchotements

1

Mes chers amis,

Nous allons faire un film ensemble. Il sera
différent de ceux que nous avons réalisés auparavant. Ainsi, ce manuscrit aura, lui aussi, un
autre aspect. Nous essaierons d'utiliser ce moyen
d'expression et ses ressources d'une manière
assez compliquée. C'est pourquoi il faut que je
vous dise, d'une façon plus explicite que d'habitude, ce que je cherche à réaliser. Ensuite, nous
réfléchirons ensemble comment, cinématographi-
quement et artistiquement, nous pourrons faire
prendre forme à nos problèmes.

Ce projet continue à tourner dans ma tête et il
ne se présente pas comme un ensemble bien
arrêté. Cela ressemblerait plutôt à un torrent
rapide et sombre : des visages, des mouvements,
des voix, des gestes, des cris, des ombres et de la
lumière, des atmosphères, des rêves, rien de fixé,

rien de vraiment tangible que l'instantané, c'est-
à-dire seulement des apparences. Un rêve, une
nostalgie ou peut-être un espoir, une frayeur où
l'effroyable ne serait jamais exprimé. Je pourrais
continuer pendant des heures à décrire des tons,
des couleurs. Cela ne nous avancerait pas. Le
mieux, c'est de commencer tout de suite.

L'action a pour décor une propriété campa-
gnarde, pas tout à fait un château, plutôt un
manoir qui aurait pu être construit au XVIIIe
siècle par un personnage important voulant se
débarrasser d'une maîtresse. En fait, je ne sais
pas. De toute façon, ce manoir n'est ni trop
grand ni trop petit. Il y a également un vieux
parc, pas très bien entretenu, il rougeoie de toute
sa splendeur automnale. Tout paraît lointain,
calme, parfois un peu désertique.

L'action se déroule au début du siècle. Les
femmes portent des robes raffinées, coûteuses,
qui dissimulent et qui mettent en valeur. (Inutile
de préciser l'année exacte ; il ne s'agit pas d'un
début de siècle concrétisé. C'est tout aussi bien
en quatre-vingt ou en quatre-vingt-dix. L'essentiel, c'est que les costumes s'accordent à notre
désir de suggestion sensuelle.) Il en est de même
pour les intérieurs, qui doivent être construits en
fonction de leurs possibilités d'offrir les conditions de luminosité que nous désirons obtenir :
des aubes qui ne ressemblent pas à des crépus-

cules, la lueur adoucie d'un bois, le mystérieux éclairage indirect des jours de neige, la lumière atténuée d'une lampe à pétrole. La douceur des journées d'automne ensoleillées. Une bougie perdue dans les ténèbres de la nuit et toutes les ombres mouvantes, lorsqu'un personnage vêtu d'une ample robe de chambre traverse rapidement les grandes pièces.

Mais, en même temps, il est essentiel que notre décor ne s'impose jamais. Il doit s'adapter, former un cadre, être discret et présent, suggestif sans retenir l'attention. Mais il y aura une particularité : tous nos intérieurs sont rouges, en teintes différentes. Ne me demandez pas pourquoi ce doit être ainsi, car je n'en sais rien. J'ai moi-même essayé de trouver la raison et j'ai trouvé des explications plus comiques les unes que les autres. La plus obtuse, mais aussi la plus défendable, est qu'il doit s'agir de quelque chose d'interne, car depuis mon enfance, je me suis toujours représenté l'intérieur de l'âme comme une membrane humide en teintes rouges.

Les meubles, les décorations et autres accessoires doivent être très exacts, mais nous devrons nous en servir à notre fantaisie et dans la mesure où ils s'adaptent à nos intentions. Comme dans les rêves : quelque chose existe parce que nous le désirons ou parce que nous en avons besoin, à ce moment précis.

Le drame comporte quatre protagonistes. Quatre femmes. Je vais vous les présenter rapidement (sans qu'il y ait aucun classement entre elles).

Agnès est la propriétaire de la maison, où elle est demeurée depuis la mort des parents. Elle ne s'est jamais décidée à la quitter — elle en fait partie depuis sa naissance et elle y a laissé sa vie s'écouler tranquillement et imperceptiblement, sans intention ni regret. Elle a de vagues ambitions artistiques, elle peint un peu, elle joue un peu du piano, le tout d'une manière un peu pathétique. Aucun homme n'est entré dans sa vie. Pour elle, l'amour est demeuré un secret bien caché et jamais divulgué. Elle souffre d'une maladie mortelle et passe la plus grande partie de la journée dans son lit, le grand lit de la chambre à coucher, belle mais trop chargée, de ses parents. Elle ne se plaint guère et elle ne trouve pas que Dieu est cruel. Dans ses prières, elle adresse au Christ ses humbles espérances.

Karin, de deux ans son aînée, s'est mariée richement et s'est installée dans une autre région. Elle a vite constaté que son mariage était un échec. Son mari (George Arlin), de vingt ans plus âgé qu'elle, ne lui inspire que du dégoût, physique et moral. Elle est la mère de cinq enfants, mais elle ne semble cependant pas touchée par ses maternités, ni par la tristesse de son mariage. Elle apparaît toujours irréprochable et elle passe pour arrogante et d'un contact difficile. Sa loyauté à l'égard du mariage est inébranlable. Mais cet apparent contrôle de soi-même dissimule une haine impuissante contre le mari et une rancœur durable contre la vie. Sa détresse et son désespoir ne se manifestent jamais que dans ses rêves, qui la tourmentent par intervalles. Malgré cette fureur contenue, elle présente des dispositions au dévouement, à la tendresse, au désir de contacts, mais cet immense capital reste renfermé et inutilisé.

Maria est la benjamine des sœurs, riche elle aussi et bien mariée à un homme beau, jouissant d'une excellente position sociale (Henning Moritzen). Elle a une fillette de cinq ans ; elle est elle-même une enfant gâtée, douce, enjouée, souriante, faisant constamment preuve de curiosité et de sensualité. Elle attache un grand prix à sa propre beauté et aux possibilités de plaisirs que lui offre son corps. Elle n'a pas la moindre idée du monde qui l'entoure, elle se suffit à elle-même et elle n'est jamais tracassée par des contraintes morales, posées par elle ou par d'autres. Sa seule règle est de plaire.

Anna est la domestique de la maison. Elle est âgée d'environ trente ans. Toute jeune, elle a eu une fille et Agnès s'est occupée d'elle et de l'enfant. Cela a créé un lien entre Anna et Agnès. Une amitié tacite et jamais exprimée s'est manifestée entre ces deux femmes seules. L'enfant est mort quand il avait trois ans, mais le lien entre Anna et Agnès est demeuré. Anna est très taciturne, très farouche, d'un abord difficile. Mais elle est toujours présente, elle voit, elle épie, elle écoute. Tout est lourdeur en Anna. Son corps, son visage, sa bouche, son regard.

Mais elle ne dit rien, peut-être ne pense-t-elle pas non plus.

Lorsque le film commence, la situation est la suivante :

La maladie d'Agnès vient brusquement d'empirer et le médecin a déclaré qu'elle n'en avait plus pour longtemps à vivre. Les deux sœurs (sa seule famille) viennent d'arriver à son chevet.

2

Horloges et pendules dans l'aube grise. Chacune a sa personnalité, sa voix. Dans la lumière incertaine, diffuse, elles donnent une impression étrange, presque importune. Et puis elles se mettent à sonner, l'une après l'autre, quelques-unes mêlent leurs tintements. Il n'y a que la pendule de la chambre, avec son berger jouant de la flûte, qui reste silencieuse. Le feu s'est éteint dans la cheminée, la lampe à pétrole se consume en tremblotant, les yeux du portrait de famille brillent d'un regard rond et indifférent au jour naissant qui s'approche entre les arbres du parc automnal.

Les yeux d'Agnès sont brûlés par l'insomnie et la souffrance retenue. Couchée depuis une heure ou deux, elle lutte contre la douleur. Aussi est-il préférable qu'elle se lève, qu'elle bouge, qu'elle s'assoie sur une chaise, qu'elle feuillette un livre. Il est peut-être rassurant que les aiguilles de la pendule se meuvent. Il est plus pénible de voir une pendule muette.

Agnès reste longuement près de la fenêtre dont les vitres sont recouvertes d'une légère buée et de gouttes de pluie, le parc donne une image floue.

Et puis elle se rappelle qu'elle devrait peut-être écrire quelques lignes de son journal. Tandis que son corps se raidit contre une douleur tenace, elle sort son journal du fond du tiroir de la table de nuit, l'ouvre et s'assoit près du secré-taire.

Après quelques instants de réflexion, elle écrit : « Il est tôt, lundi matin, et j'ai mal. Mes

sœurs et Anna se relaient pour me veiller. C'est
gentil. Comme cela, je ne me sens pas si seule
dans l'obscurité. »

La porte séparant sa chambre du grand salon
est entrouverte. Dans ce salon veille Maria ; à
vrai dire elle s'est assoupie dans son fauteuil. Son
visage est celui d'un enfant, la bouche est à demi
ouverte, les traits sont détendus.

Agnès souffle la lampe tremblotante. Puis elle
entend les pas d'Anna dans le couloir. Celle-ci
traverse la salle à manger dans l'obscurité, pose
un plateau sur la table, sa chevelure abondante
est serrée en une grande tresse, elle est pieds nus
et en chemise de nuit.

Agnès se couche dans son lit, elle se met sur le
côté, la douleur est moins vive. Elle entend Anna
chuchoter avec Maria.

Karin entre dans le salon. Agnès voit, par
l'embrasure de la porte, trois personnages vêtus
de blanc, scintillants dans la lumière de ce matin
d'automne. La servante rallume le feu sur les
braises mourantes. Maria s'étire sur son fauteuil
et bâille. Karin se tient sur le seuil de la porte et
regarde Agnès qui fait semblant de dormir.

Maria se lève de son fauteuil et rejette sa couverture chaude. Puis elle se dirige vers le grand
miroir du salon obliquement accroché au mur (il
est décoré d'un cadre doré et partiellement caché
par des vases posés sur une tablette de marbre).

Elle s'approche du miroir un court instant, se regarde avec un sourire rapide puis se tourne hésitante vers Karin comme si elle souhaitait recevoir un ordre, une directive quelconque mais Karin a pris son ouvrage et ne s'occupe pas de Maria. En soupirant, elle se décide d'aller dans sa chambre.

(La scène qui va être décrite à présent m'a poursuivi pendant plus d'un an. Au début je ne savais naturellement pas comment s'appelaient les quatre femmes et pourquoi elles étaient vêtues de longues robes blanches tombant jusqu'aux pieds, ou bien pourquoi elles évoluaient dans la lumière grise du matin au milieu d'une pièce tapissée de rouge. J'ai sans arrêt rejeté cette image et refusé de m'en servir de base pour un film (ou bien de ce que c'est pour l'instant). Mais l'image s'est accrochée à moi avec ténacité et contre mon gré j'ai dû l'identifier : trois femmes qui attendent que la quatrième meure et qui se relaient à son chevet.

Si j'écris à présent que le vent souffle à travers les grands arbres, de l'autre côté des fenêtres de la chambre, et que la brume commence à se lever, que le soleil durant quelques instants donne aux murs de la chambre une nuance plus profonde, si j'écris cela, cela veut dire que cette fois nous essaierons de rendre ces phénomènes

d'une manière ou d'une autre. Il est également
important que les ombres des croisillons des
fenêtres apparaissent et disparaissent très doucement, presque imperceptiblement.)

Maria s'est allongée sur son lit dans son
ancienne chambre de petite fille, la lumière joue
sur la maison de poupée, les meubles miniatures
et les petits personnages. Quelques grandes roses
brillent dans un vase de porcelaine transparente.
En face du lit, au mur, est accroché un portrait
de sa mère, jeune, vêtue de blanc, le regard
scrutant les personnages de la chambre. Maria
n'est ni éveillée ni endormie, elle oscille entre les
deux.

Karin se penche sur son ouvrage. La lumière
du soleil l'atteint par côté, glisse sur ses yeux,
sous ses paupières, l'aveugle et la gêne. Elle
tourne la tête vers la lumière, elle repose ses
mains. Le soleil se déplace telle une boule de feu
au milieu du nuage de brume. Soudain elle se met
à pleurer, pas en sanglotant, en fait seules des
larmes coulent le long de ses joues.

Anna est assise sur le bord de son lit dans sa
modeste chambre sous les combles, soudain le
soleil joue sur sa chevelure. Elle quitte lentement
sa blanche chemise de nuit, défait sa natte et
laisse ses cheveux flotter sur ses épaules. Puis,
d'un mouvement nonchalant, elle commence à se
peigner. Son visage est sans expression, comme

fermé. Sur sa table, se trouvent un compotier rempli de pommes et une photographie jaunie représentant Anna avec sa petite fille décédée.

Cela fait partie des souvenirs heureux d'Anna :

La grande boîte à musique contient de nombreux airs de danse. Un jour, l'orage gronde au-dessus de la propriété. Alors Agnès allume toutes les bougies du salon. Avec Anna et sa petite fille, elle danse et joue tandis que la pluie ruisselle sur les vitres.

Puis elles font de la grande table de la salle à manger une maison. Elles se blottissent et, tel un seul corps, ressentent une sorte de jouissance commune, un frémissement parcourt ce corps que n'atteint pas le violent orage. Ainsi elles en oublient leur peur.

(Si pour une fois nous parvenions à obtenir un bon orage. Si nous pouvions faire surgir ce clair-obscur lourd et singulier, et les éclairs sur les vitres. Oui... grands dieux !)

Agnès s'est enfin endormie, les douleurs l'ont quittée, le corps s'est assoupi et la lumière du soleil tremble pendant quelques instants sur le grand lit où elle repose, chétive et recroquevillée, les mains ouvertes. De temps en temps, le corps maigre est parcouru par un frisson, presque un sanglot, mais c'est quand même le calme et la petite pendule, avec son berger jouant de la flûte, mesure tranquillement le temps.

3

Il est à présent difficile de décrire par des mots ou des images la souffrance et la mort. La mort « jouée » ou la souffrance « représentée » deviennent facilement incongrues, voire obscènes. Si quand même nous entreprenons de décrire scrupuleusement un lit d'agonie, nous ne le faisons pas par curiosité ou par plaisir de nous faire peur à nous-même ou au public. Nous le faisons pour avoir une base solide et durable pouvant permettre de développer notre projet.

Je m'imagine Agnès assise dans son lit soutenue par plusieurs oreillers. Anna est entrée pour lui donner un peu de bouillie. Elle s'assoit sur le bord du lit. Mais Agnès n'a pas faim, elle repousse le bol comme si la nourriture la dégoûtait. Maria et Karin se trouvent dans la pièce adjacente ; elles sont près de la fenêtre et parlent à voix basse. Une autre fenêtre est ouverte, peut-être sommes-nous un dimanche matin, une lumière douce baigne la pièce. Agnès a l'impression d'entendre quelque chose : c'est un chien qui aboie au loin.

Un grand oiseau s'envole silencieusement du vieux chêne. Puis elle entend des bruits de pas. Sans éprouver encore de crainte, elle dit que quelqu'un marche à côté. Les trois femmes posent sur elle un regard interrogateur. Elle répète.

Soudain la porte du salon s'ouvre et le médecin entre, portant sa sacoche noire. Il adresse un salut à Karin et Maria et se dirige vers Agnès ; il ne se soucie pas de refermer la porte derrière lui, il s'assoit sur le bord du lit et s'entretient à voix basse avec sa patiente. Il procède à un examen rapide, prend son pouls, tâte son ventre enflé et les ganglions sous les bras. Agnès laisse reposer sa tête sur sa poitrine et tente de retenir la main du médecin entre les siennes.

Le médecin est un homme d'une quarantaine d'années, son visage est pâle, bien dessiné encore qu'un peu boursouflé. Il dissimule ses yeux derrière des lorgnons qui scintillent. Ses cheveux sont déjà gris. Il est vêtu d'un costume froissé et mal coupé. Ses mains sont grandes et douces, sa voix est bien modulée avec un petit ton sarcastique.

Karin va près d'Agnès et Maria accompagne le médecin jusqu'à la porte extérieure. Ils sont là tous les deux, silencieux et un peu perplexes, sans se dire au revoir. Maria regarde l'homme en souriant, attendant quelque chose de lui.

Lorsqu'il s'apprête à ouvrir la porte, elle prend rapidement sa main et la porte à ses lèvres, puis elle le prend par le cou et l'embrasse. Ils chancellent, s'appuient au mur dans une étreinte fougueuse.

— Quand puis-je venir te voir, dit-elle.

Il secoue la tête et se libère.

4

Le journal d'Agnès :

Mère occupe mes pensées presque chaque jour. Elle aimait beaucoup Maria parce qu'elles étaient si semblables sur tous les points. Je ressemblais trop à mon père pour qu'elle eût pu me supporter. Lorsque Mère me parlait avec sa voix douce et son ton impatient, je ne comprenais pas ce qu'elle me disait. Je faisais énormément d'efforts mais je n'arrivais jamais à la satisfaire. Puis elle eut de moins en moins de patience, elle était presque constamment ainsi, surtout à l'égard de Karin. J'étais, enfant, une créature chétive et malade, mais c'est Karin qui se faisait le plus souvent gronder étant donné que Mère la trouvait maladroite et peu douée. Par contre, Mère et Maria avaient toujours des tas de choses à se dire. Je me demandais souvent ce qu'elles pouvaient bien se raconter et pourquoi elles s'amusaient tant ensemble. Elles avaient toujours de petits secrets avec lesquels elles nous agaçaient, Karin et moi.

J'aimais Mère. Parce qu'elle était si douce, si belle et si vivante. Parce qu'elle était... je ne sais pas comment dire... parce qu'elle était si présente. Mais elle pouvait aussi être froide et distante. Lorsque je venais à elle, ayant besoin d'un peu de tendresse, elle devenait indifférente, affairée ou bien enjouée voire méchante. Malgré tout, je ne pouvais m'empêcher de la plaindre et à présent, sur mes vieux jours, je la comprends beaucoup mieux. Je voudrais tant la rencontrer à nouveau, lui dire que je l'ai comprise dans son ennui, son irritabilité, sa panique et son refus de renoncer.

Je me souviens une fois, c'était en automne, je vins en courant à travers la grande salle et le salon, j'avais quelque chose d'important à faire (on a toujours des choses importantes à faire lorsqu'on à dix ans). Soudain, je m'aperçus que Mère était assise là, dans l'un des grands fauteuils. Elle était immobile dans sa grande robe blanche, les mains posées sur la table, elle regardait par la fenêtre. Elle se tenait légèrement penchée en avant dans son immobilité caractéristique. Je m'approchai d'elle. C'est alors qu'elle

me regarda avec tant de tristesse que je me mis
presque à pleurer. Mais au lieu de cela, je
commençai à lui caresser la joue. Elle ferma les
yeux et me laissa faire. Cette fois-là, nous nous
sommes senties très près l'une de l'autre.

Soudain elle s'éveilla et dit : C'est affreux ce
que tes mains sont sales. Qu'est-ce que tu as
encore fait ? Puis elle se laissa gagner par la
tendresse, me prit dans ses bras et m'embrassa.
Je fus aveuglée par cette plénitude. Soudain elle
se mit à pleurer et me demanda pardon plusieurs
fois de suite. Je ne compris rien, je ne pouvais
que la serrer très fort contre moi, jusqu'à ce
qu'elle se dégageât.

Son visage se transforma, elle se mit à rire de
son petit rire habituel et sécha rapidement ses
yeux. C'est vraiment ridicule, dit-elle seulement
en se levant et en me laissant seule dans ma
tourmente.

5

Une nuit d'automne.

Agnès est allongée sur le grand lit. Ses yeux
sont clos, son front est moite de sueur. Ses lèvres
sont crevassées à force de les mordre. De temps à

autre, son corps est secoué par la douleur toujours présente. Cependant elle a réussi à s'assou-
pir.

Dans le salon (communiquant avec la chambre
par une porte grande ouverte) Karin se penche
sur son ouvrage. Le feu brûle dans la cheminée.
La lampe à pétrole jette sa lumière douce sur son
visage et sur ses mains.

Tout est absolument calme. Les pendules et
leur tic-tac conversent de leurs voix douces et
basses.

Karin repose son visage et son regard se fixe
sur la grande peinture italienne représentant
sainte Thérèse en prière.

Nous allons nous occuper de Karin pendant
quelques instants.

Elle est assise à table, en compagnie de son
mari, dans la grande salle à manger aux meubles
massifs et aux murs rouge foncé. C'est le soir et
les lourdes tentures sont tirées devant les
fenêtres. La nappe et l'argent massif scintillent
sous la lumière jaunâtre des lampes.

Les époux sont vêtus de noir. C'est peut-être
vendredi saint ou bien portent-ils le deuil d'un
parent, à moins qu'ils ne se soient rendus dans
l'après-midi à une réception au ministère des
Affaires étrangères.

Anna aussi est en noir, le noir des servantes.
Discrète, elle attend la tête penchée en avant.

Elle attend l'ordre de présenter un plat et le
légumier.

Le mari de Karin est sensiblement plus âgé
qu'elle, son visage est maigre, la bouche est fermement dessinée, le regard est calme mais per-
çant, le sourire est affable mais sarcastique. Sa
tête tremble très légèrement. Les mains sont puissantes, les doigts longs, écrasés et couverts de
poils. La barbe courte et les cheveux gris sont
soignés.

Le mari et la femme soupent en silence. Ce
silence est chargé de haine, une haine réci-
proque, presque palpable, sans relâche et sans
pitié. Ni l'un ni l'autre n'ont poussé un soupir de
soulagement ou de libération durant les quinze
dernières années. On pourrait presque parler
d'une loyauté de la haine totale.

Ils ne se doivent rien l'un à l'autre.

Elle porte deux alliances larges, et quelques
bagues de grande valeur avec des diamants. Elle
porte également, autour du cou, un rang de
perles vraies de belle taille, ses boucles d'oreilles
sont grandes et de forme antique. Durant toutes
ces années, il lui a offert de nombreux bijoux.

Comme nous l'avons dit, ils mangent en silence
mais ce n'est pas n'importe quel silence quotidien
et plat. Et puis cela aussi : sa tête tremble légèrement. À présent, il se tourne vers Anna et la prie
poliment de lui servir à nouveau du poisson,

celle-ci s'empresse de lui présenter le plat qui se
trouvait sur un chauffe-plat sur une petite table
de desserte. Il sourit et la remercie, il demande
en même temps à sa femme si elle ne veut pas, elle
aussi, reprendre du poisson — elle n'en veut pas
(elle fait signe que non, de la tête). Cela aussi le
fait sourire, il dit : Nous verrons bien qui de nous
tiendra le plus longtemps, qui tombera le premier
dans ce combat singulier, cruel et interminable.
Pourquoi souris-tu ? Je ne souris pas. Veux-tu
prendre le café dans le salon ou allons-nous nous
coucher tout de suite ? Je ne veux pas de café,
merci. Le verre de vin de Karin vacille et se
renverse, le fin cristal au dessin pâle se brise et le
vin se répand sur la blancheur de la nappe. Elle
regarde son mari avec une lueur de crainte, mais
il fait semblant de ne pas voir ce qui est arrivé. Il
termine son repas, s'essuie la bouche lentement
et cérémonieusement. Puis il jette sa serviette en
boule sur la table et se lève. Il est tard. Je
propose que nous allions nous coucher. Il
n'attend ni l'assentiment ni la dénégation de sa
femme. Pourquoi le ferait-il ? Il quitte les deux
femmes et referme derrière lui sans bruit la porte
menant à son bureau. Anna commence immédiatement à desservir. Pendant qu'elle a le dos
tourné, Karin prend un petit éclat de verre brisé
et le tient entre le pouce et l'index ; il est petit et
coupant avec des pointes saillantes, presque

comme une étoile. Ce n'est qu'un tissu de mensonges, dit-elle à voix basse mais distinctement, sans passion. *Ce n'est qu'un tissu de mensonges...*

À l'intérieur de la chambre de Karin se trouve son boudoir. Karin est assise à sa table de toilette, devant le miroir, Anna la déshabille. Un corps de femme se libère de la robe noire, des bijoux, du corset, des culottes, des bas et dessous froufroutants. On dirait que ce corps grandit et prend de l'ampleur une fois libéré des brides et du poids des vêtements. Une fois revêtue de sa chemise de nuit et de sa robe de chambre, elle reste debout au milieu de la pièce, hésitante. Anna la regarde. Karin se tourne vers la servante et dit à voix basse : Ne me regarde pas. Ne me regarde pas ainsi, je te dis. Puis elle lève sa main chargée de bagues et lui donne une gifle bien appuyée. Anna fait un mouvement de l'épaule mais son regard ne bouge pas. Pardonne-moi, dit Karin effrayée par le regard de la femme. Pardonne-moi. Mais Anna, de la tête, fait signe que non, pas cela, pas de pardon. Tu peux t'en aller, dit Karin. Anna fait une révérence et se retire, elle ferme la porte derrière la tenture.

Le petit éclat de verre acéré se trouve sur la table. Karin le prend, s'assoit sur le tabouret et relève sa chemise de nuit, puis elle écarte les jambes et introduit avec précaution le morceau de verre dans son sexe. Elle demeure ensuite assise quelques instants, le corps penché en avant.

Puis elle se redresse, lisse ses cheveux et passe sa main sur son front couvert de sueur, les yeux noirs et écarquillés. Ce n'est qu'un tissu de mensonges, dit-elle de sa voix aussi absente et dépourvue de passion. Elle ouvre la porte conduisant à la chambre conjugale.

L'homme se tourne vers elle, il est vêtu d'une longue robe de chambre ; il tient un livre dans ses mains et ses lunettes sont remontées sur son front. Elle passe devant lui, tire la couverture du lit et découvre son ventre. Mais tu saignes, dit l'homme avec dégoût. Alors Karin sourit.

6

Karin sourit en regardant le tableau représentant sainte Thérèse en pleines dévotions. C'est un sourire sarcastique, presque obscène. Elle reprend son ouvrage.

Anna entre sans bruit dans la pièce. Karin se lève immédiatement et pose son ouvrage dans un panier tressé se trouvant à côté d'elle sur un guéridon en rotin. Elle dit quelques mots à Anna, se dirige vers la porte, regarde Agnès qui fait semblant de dormir. Je crois qu'elle dort, dit Karin qui se tourne vers Anna.

Soudain elles sentent confusément la proximité de la mort. Elles se regardent un instant avec une frayeur non dissimulée. L'immobilité de la nuit, le silence étouffant, le visage douloureux de la malade faiblement éclairé par la lampe de chevet, les voix chuchotantes des pendules. J'ai froid, se dit Karin à elle-même, puis elle quitte la pièce.

Anna se dirige vers la lampe à pétrole, la baisse encore jusqu'à ce que la flamme soit à peine perceptible. Elle s'assoit de manière à pouvoir surveiller Agnès, elle s'emmitoufle dans son châle foncé.

Agnès ouvre les yeux et chuchote quelque chose. Elle doit le répéter. Viens ici, Anna ! Viens près de moi ! Tu es si loin !

Anna se lève aussitôt, ferme la porte derrière elle et s'arrête au pied du lit. Viens près de moi, reste avec moi, dit Agnès faiblement. Anna laisse tomber son châle sur le sol, enlève ses bas épais et chauds et se glisse dans le lit. Puis elle ouvre sa chemise de nuit et la poitrine nue elle étreint doucement la malade, lui chuchote des mots inaudibles, réconfortants, la berce, lui embrasse sa bouche et ses joues, la soutient. Agnès se laisse aller à cette tendresse, elle se calme, la tension de son corps douloureux s'atténue, disparaît. Tu es

gentille, lui chuchote-t-elle. Tu es gentille. Anna
caresse la tête et le visage de la malade de sa
grande main moite. Puis elles s'endorment, dans
les bras l'une de l'autre.

7

Vers sept heures du matin, dans l'aube grise et
fuyante, Agnès se trouve sans connaissance. Sa
respiration est profonde et fait peur, la bouche
demeure ouverte comme si elle allait étouffer, le
pouls est à peine sensible, les joues sont tachées
de rouge foncé tandis que les lèvres sont
bleuâtres et gonflées.

Vers neuf heures et demie, la respiration profonde fait place à de violentes crampes qui défor-
ment les bras et les jambes de la malade. Les
yeux s'entrouvrent et elle bredouille des mots.
Les symptômes d'étouffement augmentent et elle
se jette en avant comme si une main gigantesque
poussait son corps.

Une heure plus tard, environ, la crise est passée et le corps torturé se détend. Le visage retrouve sa pâleur naturelle. La respiration est à
peine audible à présent, elle demande à boire, ses
lèvres sont sèches et abîmées à force de morsures,

ses cheveux fins sont emmêlés et mouillés par la sueur. Anna et Karin changent les draps, lavent ce corps maigre avec de l'eau tiède, elles la coiffent et lui passent une chemise de nuit propre.

Le médecin examine rapidement la malade. Celle-ci reçoit une injection de morphine puis sombre dans un sommeil léger et agité. Tous restent dans le salon contigu, en proie à leurs pensées.

Vers cinq heures de l'après-midi, le soleil perce les nuages de ses rayons horizontaux telles des lances. Les présents sont silencieux et ont le regard fixe, aveuglés par la lumière blanche et brillante. Agnès geint et l'effrayante respiration recommence. Cette fois les crampes sont plus violentes. Le corps se jette alternativement en avant et en arrière dans le lit. Soudain elle crie : Est-ce que vous pouvez m'aider ? Aidez-moi, je ne veux pas. Je ne veux pas. Elle crie d'une manière déchirante et bat des bras jusqu'à ce qu'une nouvelle crise d'étouffement interrompe les cris ; elle se penche en arrière, la bouche grande ouverte.

Le médecin lui administre une nouvelle dose de morphine, en vain. Une force énorme, comme venue de l'extérieur, secoue le corps torturé. Soudain, dans un hoquet elle vomit sur le lit. Elle n'arrête plus d'appeler, mais à présent les mots sont incompréhensibles.

Soudain elle s'affaisse dans le lit, profondément, le corps est secoué par un violent tremblement et les yeux s'ouvrent.

Maria se met à pleurer, peut-être la peur et l'anxiété sont-elles en train de la quitter. Karin passe l'une de ses mains sur son visage, comme pour enlever une toile d'araignée. Anna aide le médecin à allonger convenablement la morte, on entrouvre une fenêtre, on ferme les yeux d'Agnès et croise ses mains sur sa poitrine.

La lumière du soleil meurt lentement, imperceptiblement, la grande pièce s'emplit d'une lumière bleuâtre, personne ne pense à allumer des bougies.

À présent règne un calme secret.

8

Le journal d'Agnès :

J'ai parfois envie de poser mes mains sur mon visage et de ne plus jamais les enlever. Que vais-je devenir, moi et ma solitude ? Longues les journées, silencieuses les soirées, et les nuits sans sommeil. Que faire de tout ce temps qui déferle sur moi ? Alors je me réfugie dans mon désespoir et le laisse me consumer. J'ai remarqué que si je tente de l'éviter ou de le retenir à l'écart, tout est plus difficile. Il est préférable de s'ouvrir, d'accueillir ce qui vous tourmente ou vous fait mal, de ne pas fermer les yeux ou se dérober comme je faisais avant.

En fait, lorsque je parle de la solitude, je suis injuste. Anna est mon amie et ma camarade. Et je crois que sa solitude est plus dure que la mienne. Je peux quand même me consoler avec ma peinture, ma musique et mes livres. Anna, elle, n'a rien. J'essaie parfois de parler avec elle, d'elle-même. Alors elle devient timide et se referme sur elle-même.

9

Nous allons à présent nous représenter un de ces matins d'automne, couvert, presque sombre et très tranquille, le lendemain de la mort d'Agnès. Deux veuves sont venues faire la toilette de la morte, deux femmes âgées qui ont de l'expérience. Deux autres femmes sont également là pour faire le ménage. La maison est remplie de voix chuchotantes et d'odeur de café.

Les deux veuves s'enferment dans la chambre avec la morte et elles exécutent avec une cérémonieuse minutie leur importante besogne : elles toi-lettent, coiffent, habillent, maquillent, mettent du coton dans les joues. Les longs bas blancs, les souliers de satin blanc, les sous-vêtements, et la blanche chemise fraîchement repassée avec ses manches amples... et puis le petit bonnet blanc sur les cheveux, discrètement noué sous le cou... enfin la rose jaune entre les mains légèrement maquillées...

Et puis les bougies allumées, les fenêtres voi-lées de tissu blanc, le lit immense dont on a enlevé les montants massifs et le baldaquin, la chambre dénudée de ses meubles et de ses tableaux.

Les portes menant au salon s'ouvrent et les deux veuves, elles-mêmes à présent habillées de noir, on dirait presque endimanchées, se tiennent sur le pas de la porte (conscientes de leur mission mais humbles) ; elles esquissent une révérence et invitent le vieux pasteur, les deux sœurs et la servante à pénétrer dans la chambre ainsi consa-crée par leur zèle et la dignité de leur savoir-faire.

(Je ne sais pas comment je vais décrire cela... Il faut que tout soit comme un seul *mouvement*, comme une danse rituelle sans outrances. Peut-être une pavane pour une infante défunte.)

Le pasteur, un saint homme d'un certain âge, se tourne pour s'assurer que les deux femmes de ménage sont bien présentes, dans l'embrasure de la porte, et aussi pour que l'on s'arrête de tousser, de bouger les pieds, en un mot que le silence règne. Son visage est calme, d'une gravité rigoureuse, celle qui sied en pareil cas. Son corps maigre est enserré dans l'uniforme noir de sa fonction.

Ainsi tout est calme. Il joint les mains et lit la prière des morts au-dessus d'Agnès.

— Dieu Notre Père, dans Son infinie sagesse, t'a appelée à Lui dans la fleur de ta jeunesse. Auparavant, Il t'a trouvée digne de supporter une longue et lourde souffrance. Tu t'es soumise patiemment et sans te plaindre dans la certitude que tes péchés te seraient pardonnés par la mort sur la croix de Notre-Seigneur Jésus-Christ. Que Notre Père au ciel ait pitié de ton âme lorsqu'elle se présentera devant Lui. Que Ses anges effacent en toi le souvenir de tes souffrances terrestres.

Le pasteur se tait comme s'il était subjugué, il reste là troublé, les yeux fermés. Accablé, il s'agenouille ; les autres aussi s'agenouillent, sans comprendre pourquoi, hésitants, n'ayant pas l'habitude de cela. Il met une de ses mains devant ses yeux et de l'autre s'accroche à une chaise pour ne pas tomber.

— S'il en est ainsi que tu aies rassemblé toutes

nos douleurs en ton pauvre corps, que tu les aies portées avec toi dans la mort, si tu rencontres Dieu, là-haut dans cet autre royaume, s'Il tourne Son visage vers toi, si tu peux Lui parler un langage qu'Il comprenne, s'il en est ainsi que tu puisses parler à ce Dieu, s'il en est ainsi, alors prie pour nous. Agnès, chère petite enfant, écoute à présent ce que je te dis. Prie pour nous qui restons sur la terre sombre et sale sous un ciel vide et cruel. Dépose ton fardeau de douleur aux pieds de Dieu et demande-Lui de nous accorder Son pardon. Demande-Lui de nous délivrer de notre angoisse, de notre écœurement et du doute profond où nous nous trouvons. Demande-Lui de donner un sens à nos vies. Agnès, toi qui as tant souffert et si longtemps, *tu dois être digne d'intercéder pour nous.*

Troublé et épuisé, le pasteur se relève et regarde autour de lui, un peu gêné, avec un sourire attristé. Il lui semble qu'il doit donner quelque explication :

— C'est moi qui l'ai confirmée. Nous avions souvent de longs et profonds entretiens. Sa foi était plus forte que la mienne.

Il s'interrompt et redevient le ministre du culte qui sait comment on doit se comporter en pareille circonstance. Son sourire devient cérémonieux. Il rajuste sa redingote de pasteur qui faisait des plis sur son ventre, il fait ensuite le tour des per-

sonnes présentes et leur serre la main. Il dit à
Karin : Que Karin passe demain à mon bureau,
nous discuterons des formalités de l'enterrement.

Maria s'offre à raccompagner le pasteur à la
porte. Lorsqu'ils se retrouvent seuls, Maria le
prend par le bras : Puis-je vous parler quelques
instants, père Isak ? Il acquiesce sans conviction.
Maria ouvre une porte donnant sur une pièce
presque vide (il n'y a guère qu'une grande table
en bois près de la fenêtre et une vieille chaise à
barreaux au centre de la pièce). Elle se dirige
vers la fenêtre et appuie ses mains sur la table.
Le vieil homme se tient à quelques pas de la
porte.

— Que me veux-tu, Maria ?

— Père Isak, pouvez-vous me pardonner mes
péchés ? Maintenant, tout de suite ?

Le vieil homme reste muet un instant, puis il
dit :

— Je ne peux rien te pardonner. Mais tu peux
te pardonner à toi-même.

— Je voudrais que père Isak me donne sa
bénédiction, dit Maria subitement. Si, je le veux.

Il pose sa main sur son épaule et elle se met à
genoux docilement. Elle lève la tête vers lui et le
regarde avec confiance et espoir. Il se penche en
avant et trace un rapide signe de croix au-dessus
du front de Maria qui ferme les yeux (ceci est une
véritable jouissance).

— Maria, toi qui portes le nom de la Sainte Vierge, puisses-tu toujours vivre dans ta propre lumière, délivrée du péché et de l'angoisse, enfermée dans ta pureté qui est aussi ta liberté.

Il fait de nouveau un signe de croix au-dessus du front de Maria et lui demande doucement : Tu es contente à présent ? Oui, je le crois, répond Maria.

10

Nous allons nous occuper d'un épisode de la vie antérieure de Maria. Le décor est cependant le même. Je veux dire partout ces tons rouges, ces meubles massifs, ces riches tentures, ces tableaux, ces tapis. (Tout ce qui se passe dans notre film peut très bien, et sans contrainte, se jouer dans le même milieu ; ceci ne nous cause en fait aucun souci.)

Le médecin de famille est en visite, un soir. C'est la petite fille d'Anna, âgée de trois ans, qui est malade. Anna est assise sur une chaise, elle ne pleure pas, elle est complètement maîtresse d'elle-même, on ne remarque guère que ses épaules qui se sont arrondies et sont devenues plus lourdes. Il termine l'examen et se rend dans la cuisine où il se lave les mains dans une cuvette préparée à cet effet, il essuie ses grandes mains blêmes avec beaucoup de soin et prend ensuite sa veste que lui tend Maria. Puis il se tourne vers Anna et lui dit quelques mots gentils, pour la rassurer. Sans dire mot, elle fait la révérence. Il lui donne une petite tape aimable sur la joue, elle baisse la tête et fait de nouveau la révérence.

— Docteur, vous devez avoir faim, dit Maria. Le couvert est mis, si cela vous dit…

Le médecin remercie poliment et dit que ce n'est pas de refus. Le couvert est mis à l'une des extrémités de la table. Ils s'assoient et Maria verse du vin. Ils trinquent en silence.

— Agnès et Karin sont encore en Italie, dit Maria causante. J'ai reçu une lettre d'elles la semaine dernière, non, attends, c'était mercredi. Agnès va beaucoup mieux, elle ne tousse plus et elle s'est remise à sa peinture. Le mari de Karin ira les rejoindre à Pâques. Ils ont beau temps, c'est presque l'été. Bien que les soirées soient fraîches, bien sûr.

Le médecin relève la tête et la regarde franchement.

— Où est ton mari, demande-t-il ensuite.

— Joakim est en ville pour affaires et il ne reviendra pas avant demain. Je lui ai dit que je t'avais demandé de venir voir la petite fille d'Anna. Il te salue bien.

Le médecin sourit légèrement et déguste son vin. Maria vide son verre et le remplit ensuite ainsi que celui de son invité.

— Je t'ai préparé la chambre d'amis, dit Maria d'une manière directe. Il fait bien trop mauvais temps pour que tu rentres chez toi ce soir.

Le médecin sourit intérieurement et se consacre quelques instants aux plaisirs de la table.

— Tu as changé, constate Maria. Y a-t-il quelqu'un d'autre ?

— Il y a toujours quelqu'un d'autre, répond gravement le médecin. En fait je ne croyais pas que ce genre de problème t'intéressait.

— Effectivement, cela ne m'intéresse pas, répond Maria qui soupire.

La chambre d'amis est chaude et calfeutrée. Un feu brûle dans le poêle de faïence, le grand lit avec tous ses oreillers et ses édredons scintille dans la pénombre. Le médecin s'est assis dans un fauteuil confortable, il a chaussé son lorgnon et s'est plongé dans la lecture d'un livre. On frappe à la porte ; avant qu'il ait eu le temps de répondre, la porte s'ouvre et Maria se trouve dans la chambre. Elle est vêtue pour la nuit, sa longue chevelure flotte librement. Le médecin se lève, laisse le livre choir sur le sol, la prend par le bras.

— Tu portes des lunettes à présent, dit-elle.

Il la regarde avec attention.

— Que me veux-tu, dit-il.

— Pourquoi es-tu si solennel, chuchote Maria.
Ne pouvons-nous pas oublier le passé ?

Elle l'embrasse doucement sur la joue, puis au
coin de la bouche, enfin sur la bouche.

Alors le médecin sourit, mais ce n'est pas un
sourire aimable. Il la tient fermement par le bras
et la fait se retourner devant le miroir. Il soulève
la lampe se trouvant sur la table et la pose sur
une petite étagère de telle manière qu'elle éclaire
leurs visages, il augmente l'intensité de la
lumière. Maria n'a aucun geste de défense. En
toute confiance elle agit comme s'il s'agissait d'un
jeu intéressant, comme si l'on pouvait profiter de
cela pour rendre l'instant plus passionnant. C'est
avec calme qu'elle regarde son image dans le
miroir.

— Regarde-toi bien, Marie (il l'appelle Marie
et non Maria). Tu es belle. Peut-être es-tu encore
plus belle qu'autrefois. Mais tu as changé. Je
veux que tu voies que tu as changé. Tes yeux
jettent à présent des regards en coin, rapides,
calculateurs. Autrefois, ton regard était droit,
ouvert, sans dissimulation. Ta bouche a pris un
petit pli de désenchantement, d'insatisfaction.
Autrefois, elle était douce ! Ton teint est plus pâle
qu'avant, tu te maquilles. Ton joli front large a

maintenant quatre rides au-dessus de chaque œil, non, tu ne peux pas le voir sous cette lumière, mais cela se voit en plein jour. Sais-tu d'où te sont venues ces rides ? C'est l'indifférence qui a dessiné ses propres traces. Vois-tu cette jolie ligne allant de l'oreille au menton ? Elle n'est plus aussi parfaite à présent. C'est la marque du confort et de l'indolence. Et ici, à la base du nez, tu vois : tu te moques trop souvent, Marie ! Pourquoi te moques-tu ? Tu vois, Marie ? Et sous les yeux, ces rides méchantes, presque imperceptibles, des rides d'ennui et d'impatience.

Maria a écouté la leçon du médecin avec un sourire de plus en plus épanoui. Tu me disputes, dit-elle doucement. Peux-tu vraiment voir tout cela sur mon visage ? Non, répond le médecin. Je ressens cela lorsque tu m'embrasses. Elle hoche la tête. Tu te moques de moi, dit-elle en riant, mais soudain elle devient grave. Je sais où tu le vois, dit-elle vivement. Et où le vois-tu ? Tu le vois en toi-même. Tu le vois en toi-même.

Le médecin hoche imperceptiblement la tête et fait se retourner Maria vers lui. C'est parce que nous nous ressemblons tant, toi et moi, dit-elle doucement. Quelles ressemblances ? demande-t-il. Je n'ai pas le courage de les compter et je ne m'en soucie pas non plus, dit Maria.

C'est alors qu'il dit soudain : l'égoïsme, la froideur, l'indifférence.

— Tes raisonnements m'ont presque toujours ennuyée, chuchote Maria l'air fâché. Tu adores faire l'intéressant en parlant de toi-même et des autres.

— Et tu adores te regarder dans un miroir, où est la différence ? (Il l'embrasse et la touche légèrement.) N'y a-t-il pas de circonstances atténuantes pour des êtres comme toi et moi ? demande-t-il soudain.

— Je n'ai besoin d'aucun pardon, répond Maria qui l'embrasse plusieurs fois de suite.

Le lendemain matin, Joakim, le mari de Maria, rentre de son voyage d'affaires. Il est mince, c'est un personnage infatigable, les traits de son visage sont fins, son regard est sombre et interrogateur. Il s'est retiré dans son bureau, plongé dans la lecture du quotidien du jour. De temps en temps, il boit une gorgée de café qu'Anna vient de lui servir.

Maria est entrée dans la pièce et s'est installée dans le grand sofa, tout en babillant elle joue avec sa petite fille et sa poupée.

— Le médecin est venu hier. Il te salue bien. Il espère que vous vous reverrez bientôt pour jouer aux échecs. Je lui ai dit de passer la nuit ici, il faisait si mauvais hier soir. Il est parti très tôt ce matin avant que nous nous réveillions. Alors, ce voyage en ville, était-ce amusant ou bien as-tu uniquement travaillé ?

L'homme laisse tomber son journal et hoche la tête en silence, boit un peu de café et sourit à sa petite fille qui lui montre sa poupée.

— Nous sommes invités par les Egermans à Högsätra. Ils veulent que nous fêtions Pâques chez eux. Ce serait agréable, cela nous changerait un peu. Qu'est-ce que tu en penses ? Bien sûr, tante Ella devait venir à Pâques, mais cela nous pouvons remettre. On ne peut pas dire que ce soit très amusant d'avoir tante Ella ici du matin au soir.

— Nous verrons cela, dit Joakim en pliant son journal avec précaution, puis il finit de boire son café.

Il repose ensuite la tasse avec précaution, se penche en avant et embrasse sa petite fille sur le front, caresse la joue de sa femme du revers de la main. Puis il se dirige vers une pièce adjacente à la chambre à coucher du mari (les époux ont des chambres séparées).

Maria est soudain en proie à une sombre crainte. Elle va et vient, se mord les mains. Elle s'arrête pour écouter. Puis surmontant sa réticence, elle entre rapidement dans la pièce adjacente. L'homme est assis dans un fauteuil le dos tourné à la porte d'entrée. Lorsqu'il entend les pas de sa femme, il essaie de tourner la tête vers elle, son visage est blême, sa bouche est entrouverte. Il a déboutonné son gilet et a enfoncé un coupe-papier tranchant entre ses côtes.

— Aide-moi, dit-il, d'une voix claire et enfantine.

La tache de sang s'étend sur la chemise blanche.

Mais Maria fait quelques pas en arrière, jusqu'à ce qu'elle soit arrêtée par la bibliothèque. Puis elle secoue la tête. Non, dit-elle.

C'est alors qu'il arrache le coupe-papier et le jette sur le sol. Il commence à sangloter et hoqueter.

À partir de cet instant, Maria est obsédée par deux images visuelles opposées et cependant de même nature. L'une montre comment elle se précipite vers l'homme, arrache le coupe-papier de la plaie, comment elle le couvre de baisers et de marques de tendresse, comment elle tente d'arrêter le flot de sang par de tendres étreintes et des supplications de pardon.

L'autre image, aussi précise, et revenant aussi souvent que la première, montre comment Maria, de toutes ses forces, appuie sur le coupe-papier pour qu'il s'enfonce plus profondément dans la poitrine de l'homme, dans un moment d'intense satisfaction.

11

C'est cette lumière crue et immobile du soleil qui fait toujours le plus peur. Mes rêves les plus cruels sont inondés de cette lumière solaire insoutenable.

— Je veux que nous soyons amies, dit Maria à Karin. Je veux que nous nous touchions l'une l'autre, je veux que nous nous parlions. Ne sommes-nous pas sœurs ? Nous avons tant de souvenirs en commun, nous pouvons parler de notre enfance ! Très chère Karin, il est si étrange que nous ne parvenions pas à nous toucher, l'une l'autre, que nous nous parlions dans l'indifférence. Pourquoi ne veux-tu pas devenir mon amie ? Nous avons été heureuses et malheureuses ensemble, nous pourrions nous parler pendant des jours et des nuits, nous pourrions rire et pleurer ensemble, nous prendre dans les bras. Parfois quand je me promène dans cette maison de notre enfance et que tout me paraît à la fois si étranger et si familier, j'ai l'impression de marcher comme dans un rêve, et j'ai le sentiment qu'il va nous arriver quelque chose de décisif, quelque chose qui, une fois pour toutes, changera nos vies. Je ne sais pas, je ne comprends rien. Je suis ingénue et superficielle. Tu as lu tellement plus que moi, tu as pensé tellement plus que moi et tu as une tellement plus grande expérience. Très chère Karin, ne pourrions-nous pas profiter de ces journées où nous sommes ensemble pour apprendre à nous connaître, pour nous rapprocher l'une de l'autre. Je ne supporte pas le silence, l'éloignement. Ai-je dit quelque chose qui t'a blessée ? Karin, l'ai-je fait ? Cela arrive si vite, mais je te jure que je n'avais aucune arrière-pensée en ce cas.

La lumière du soleil brille sur le vieux portrait de famille. Anna traverse sans bruit la pièce et laisse la porte de la chambre à coucher entrouverte où l'on aperçoit Agnès sur le lit blanc, presque lumineux. Le silence est là, tangible, on pourrait le toucher.

Karin secoue la tête.

— Tu te trompes, dit-elle avec difficulté. Tu te trompes. J'ai peur seulement.

— De quoi as-tu peur ? Tu n'as quand même pas peur de moi ? Je ne comprends pas ce que tu veux dire. As-tu peur de m'accorder ta confiance, tu n'as pas confiance en moi ? Est-ce que je ne peux pas te toucher ?

— Non, ne me touche pas, dit Karin. Ne me touche pas. Je déteste toutes sortes de contacts. Ne m'approche pas.

C'est alors qu'Agnès appelle très faiblement ses sœurs, ses lèvres remuent et elle appelle d'une voix murmurante, mais elles ne l'entendent pas. Anna s'arrête au seuil de la chambre et tend l'oreille.

— Non, ce n'était qu'un oiseau dehors sur la fenêtre, dit-elle à voix basse.

Maria s'est levée et malgré l'avertissement de sa sœur se rapproche d'elle avec précaution, lenteur ; ses mouvements sont doux. Puis elle tombe à genoux devant elle, lève la main et lui caresse le front et la joue, lève l'autre main et lui caresse la bouche, tient ses mains devant ses yeux. Karin reste assise sans bouger et laisse faire.

Puis Maria se penche vers elle et l'embrasse avec précaution, d'abord sur les joues et ensuite sur les paupières puis sur la bouche (tout cela très naturellement, sans passion mais délicatement).

— Non, chuchote Karin. Non, je ne veux pas que tu fasses cela. Je ne veux pas.

— Tais-toi à présent, chuchote Maria.

Elle la caresse tout le temps calmement et avec tendresse.

Karin se met à pleurer. Ce ne sont pas de jolis pleurs, ce sont des pleurs violents, laids, lourds, avec des raclements et parfois des cris.

— Je ne peux pas, crie Karin. Je ne peux pas. Tout cela qui est immuable. Toutes ces fautes.

C'est un tourment sans fin. C'est comme en enfer. Je ne peux plus respirer à cause de toute cette culpabilité.

Elle parvient à se ressaisir, elle est assise les mains sur les genoux, le visage tourné vers la fenêtre (cette lumière dure et blanche !). Soudain elle se tourne vers Maria avec un sourire poli. Sa voix est claire et calme.

— Je suis désolée d'avoir perdu le contrôle de moi-même ce matin. Je ne sais pas ce qui m'est arrivé. Ce doit être l'émotion due à la mort d'Agnès. Nous l'aimions tant (soudain sa voix change). Rien, personne ne peut m'aider (sa voix redevient normale). L'enterrement passé, je demanderai à notre avocat de s'occuper de toutes les formalités juridiques. Ce qu'il y a de mieux à faire, c'est de vendre la propriété. Auparavant, toi et moi aurons eu le temps de procéder au partage de ce qui reste, je veux dire le mobilier, la vaisselle, les tableaux, l'argenterie, les livres… Je crois que nous pourrons nous entendre. Qu'allons-nous faire en ce qui concerne Anna, qu'en penses-tu ? En ce qui me concerne, je propose que nous lui donnions un peu d'argent et lui signifions son congé. On pourrait aussi lui donner quelque chose ayant appartenu à Agnès, elle lui était si dévouée, si je comprends bien, elles étaient très attachées l'une à l'autre. À présent, elle se croit indispensable en toutes occasions et elle s'accroche à nous. Je crois que (sa voix change) oui, c'est vrai, j'ai souvent pensé à me suicider. Je prends des somnifères. C'est dégoûtant, c'est avilissant, je suis complètement corrompue, c'est toujours la même chose, ce n'est (sa voix redevient normale) rien. Je veux dire que ce n'est pas un problème sérieux. En tout cas pas pour moi. Je peux te garantir que Henrik est un homme de loi remarquable (sans que la voix change) il est mon amant depuis cinq ans, d'ailleurs, amant, qu'est-ce que c'est que ce mot simpliste. Comme si nos relations avaient quoi que ce soit à faire avec l'amour, c'est une démangeaison malpropre pendant quelques instants d'inconscience, c'est une petite vengeance contre Fredrik, c'est (sans changement de voix) un homme de loi remarquable, mais je le disais à l'instant.

Soudain elle ouvre la bouche et pousse un cri brutal. Puis elle se tait et reprend son expression normale. Maria a écouté le monologue de Karin sans aucune réaction, mais avec un petit sourire froid.

— Mon mari dit que je suis si maladroite et il a raison. Je suis maladroite. J'ai de trop grandes mains, tu comprends. Elles ne m'obéissent pas. Maintenant tu es là à sourire, gênée. Ce n'est pas à ce genre de conversation que tu t'attendais. Tu comprends combien je te hais. Tu comprends que tu es ridicule avec ta coquetterie et tes sourires mouillés. Comment ai-je pu te supporter et me taire, toujours me taire. Je sais bien qui tu es, toi avec tes caresses et tes fausses promesses. Peux-tu comprendre qu'un être humain puisse vivre en supportant une haine comme j'en porte une en moi. Il n'y a pas de grâce, pas de soulagement, pas de secours, rien. *Et je vois !* Rien ne m'échappe, tu comprends. Pourquoi ne puis-je pas supporter les regards implorants d'Anna, pourquoi est-ce que je la frappe au visage ? Pourquoi est-ce que je trouvais qu'Agnès était répugnante avec sa mollesse et son empressement, son côté vieille fille ? Et ses ridicules ambitions artistiques ? Voilà ce que l'on peut attendre lorsque Karin se met à parler !

Elle rit et se lève.

— Tu es là avec ton petit sourire froid. À quoi penses-tu ? Tu veux bien me le dire ? Puis-je avoir ton avis ? Non, j'aurais pu m'en douter. Tu préfères te taire. Tu as raison, Maria (elle change soudain de voix). Tu voulais peut-être bien faire. Tu voulais peut-être seulement connaître ta sœur. Pauvre petite Maria, ainsi je t'ai fait peur. Je parle seulement, tu comprends. Non ce n'est pas vrai, cela non plus. Regarde-moi dans les yeux. Non, regarde-moi, Maria.

Dans une impulsion commune de soudaine tendresse les deux sœurs s'étreignent. Leurs visages sont à présent doux, elles se parlent calmement et sincèrement.

— Très chère Maria, je m'entends dire toutes ces paroles incompréhensibles et affreuses. C'est moi, mais en même temps ce n'est pas moi.

— Je ne veux pas être froide et indifférente, dit Maria presque en même temps. C'est comme une maladie, tu comprends. Je veux être chaleureuse, gentille et tendre.

— Ne pourrions-nous pas tout recommencer depuis le commencement, demande Karin. Ne pourrions-nous pas effacer tout le mal que nous nous sommes fait.

— Je crois que si nous nous aidions, nous pourrions tout changer. Nous nous connaissons si bien. Et nous n'avons jamais utilisé nos instincts que pour nous blesser mutuellement.

Elles se tiennent par les mains. Elles se regardent dans les yeux et sourient, franchement, sans perfidie ni inquiétude.

12

J'imagine que, à côté de la cuisine, il y a une petite pièce, une sorte de réserve avec des paniers à linge remplis de pommes et des étagères encombrées d'ustensiles de ménage. Sur le sol, au milieu du réduit, se trouve une machine à étirer et repasser le linge.

Anna travaille seule, elle fait tourner la grande roue verte en faisant appel à toutes ses forces. Les serviettes de toilette presque humides, parfumées, sont lentement pressées entre les rouleaux. La roue s'arrête ; elle reprend son souffle.

C'est alors qu'elle entend un bruit étrange, très faible, très lointain. Elle relève la tête et écoute, tendue. Non, on n'entend plus rien.

Mais tandis qu'elle est occupée à ranger les serviettes de toilette dans l'armoire à linge, elle entend de nouveau les pleurs désespérés d'un enfant. Elle tend l'oreille en direction des grandes pièces désertes. Oui, cela vient bien de là, sans doute quelqu'un qu'il faut consoler. Elle traverse la salle à manger et entre dans le salon.

Cette pièce, comme les autres, est baignée par une lumière ne produisant pas d'ombres, comme cette lumière juste avant le lever du soleil (bien que ce soit peut-être un après-midi couvert !). Maria est assise sur une chaise, immobile, comme un personnage de cire. Près de la fenêtre se tient Karin, le regard fixe en direction de cette lumière vague. Anna tente de leur parler, *mais sa voix n'est pas audible.* Elle ouvre la bouche, ses lèvres forment des mots, elle entend sa propre respiration et aussi le froufrou de ses jupes, le bruit de ses pieds sur le tapis, elle peut aussi entendre les voix perpétuelles des pendules, mais elle ne peut pas parler.

Elle touche du bout des doigts avec précaution une paupière de Maria. Maria tourne la tête vers elle et semble désespérément l'implorer ; elle bouge les lèvres, respire profondément *mais ce qu'elle tente de dire est incompréhensible.*

Puis Anna se dirige vers Karin : près de la fenêtre, elle voit *que Karin veut lui dire quelque chose. En vain.*

À présent on entend de nouveau les pleurs de l'enfant, proches et évidents.

Anna se dirige aussi rapidement qu'elle le peut (chaque pas est lourd, chaque mouvement impossible) vers la chambre à coucher où repose le corps d'Agnès dans une sorte de demi-jour. Les deux bougies, de chaque côté du lit, brûlent d'une flamme blême, endormie.

Les fenêtres tendues de drap blanc. Le parfum des roses fanées. La petite pendule au berger.

Les pleurs se sont arrêtés.

(Je ne sais comment expliquer ce qui va suivre. Ce qui est important est que la situation doit paraître tout à fait naturelle, réelle, et cependant chargée de secrets et tenir en haleine.)

Anna s'aperçoit que la morte a pleuré, des larmes ont coulé le long de ses joues sur l'oreiller

blanc bordé de dentelle. Les yeux sont bien fermés mais les paupières frémissent. De nouveau
Anna cherche à parler, mais elle n'y parvient
pas. C'est pourquoi elle s'assoit sur le bord du lit
et attend sans trouble ni angoisse. Elle prend les
maigres mains d'Agnès sans les bouger. Les lèvres
d'Agnès commencent à remuer puis à parler
d'une voix lointaine, transformée, avec peine,
profondément lasse.

— As-tu peur de moi, à présent ? demande-
t-elle.

Anna secoue la tête. Non, elle n'a pas peur.

— Je suis morte, tu vois, dit Agnès.

Anna n'arrête pas de regarder Agnès et lui
tient toujours les mains.

— Seulement je n'arrive pas à m'endormir. Je
ne peux pas vous quitter. (Elle gémit doucement
et les larmes coulent sous ses paupières fermées.)
Est-ce que personne ne peut m'aider, se plaint-
elle. Je suis si fatiguée.

— Ce n'est qu'un rêve, chuchote Anna dans
un premier mouvement.

— Non, ce n'est pas un rêve, répond Agnès
meurtrie. Pour vous c'est peut-être un rêve, mais
pas pour moi.

13

Courte interruption :

Ce que je peux en avoir assez de voir l'imagination toujours devoir rendre des comptes à la
raison ! L'inspiration doit rester bien sage devant
les accusations de la réalité. Agnès est peut-être
seulement morte en apparence ? Est-elle un fan-
tôme ? Allons-nous faire un film d'épouvante ?
Non, je n'ai jamais pensé faire un film d'épouvante.

Alors il y a bien un sens à cela. Quelle signification ? Où Bergman veut-il en venir ? Peut-on
vraiment mélanger comme cela n'importe quoi ?
Quoi « n'importe quoi », hein ?

Pendant plusieurs mois, ces dames m'ont tenu
compagnie, elles se sont présentées dans des
situations et des scènes que je tente de restituer
aussi bien que je peux. La mort est l'ultime solitude, et c'est justement cela qui est important. La
mort d'Agnès s'est arrêtée à mi-chemin vers le
néant. Je ne trouve pas cela si bizarre ? Si, c'est
sacrément bizarre ! On n'a jamais vu une telle
situation, ni dans la réalité ni au cinéma.

L'imagination devrait avoir honte. C'est humi-

liant mais nécessaire. Chaque jour, je décide que
ce procès est fatigant, désagréable et en plus
absurde. Chaque jour, je me promets d'abandonner ce projet qui m'agace sans cesse. Chaque
jour je reviens sur ma décision, je recommence,
je déchire ce qui est déjà écrit ou je continue.

Le plaisir est assez vague mais tenace. Quel est
mon but avec ces images ? Encore une fois quelle
est l'intention ? Je ne sais pas, je ne pourrais
jamais prétendre le dire avec la moindre certitude. Il est possible que par la suite je puisse le
justifier après coup. Tout ce que je sais, c'est
qu'une sorte de plaisir de dégager une situation
me pousse à faire ce que je fais, le plaisir de créer
un espace au milieu d'un chaos de troubles et
d'impulsions contradictoires, un espace où l'imagination et le désir de rigueur formelle, dans un
effort commun, cristallisent un composant de ma
conception de la vie : le désir absurde et jamais
assouvi de communication et de relation, les ten-
tatives maladroites de briser l'isolement et la
distance.

Ne prenez pas cela comme un mode d'emploi,
ou bien prenez-le comme un mode d'emploi, ou
comme n'importe quoi, pourvu que cela serve à
quelque chose, considérez cela comme un petit
bout de bois pour vous aider à faire la moue, si
vous le voulez.

Ce n'est pas ma faute si c'est comme ça, bien

que je trouve cela étrange et dans certains cas gênant (quand je me sers des jeux de l'intellect et que je regarde du dehors). J'essaie de m'en tenir au sujet, en tout cas je parle avec ma propre voix et je me présente dans mon propre costume chèrement payé. Chaque jour, je note dans mon agenda, sur mon bureau, le chemin parcouru. À cet instant précis, il n'y a pas de terminus, cela me procure un sentiment composé de colère, d'obstination et d'autocommisération.

Qu'importe. Une personne impliquée dans un combat artistique éprouve le plus souvent un malaise, il n'y a rien de remarquable en cela. Quand même, cette explosion d'impatience et d'ennui. Peut-être est-ce parce que le jour est sombre, pluvieux ou sent l'automne. Peut-être est-ce l'exaspération de se trouver près d'une frontière invisible ou bien de se heurter à elle sans pouvoir la franchir. Peut-être est-ce que j'entends l'un de mes collaborateurs bâiller (le public pourra bâiller autant qu'il lui plaira).

Alors je répète : ceci n'est pas à comprendre avec la raison. Ceci est une affaire entre l'imagination et les sentiments. Il sera toujours temps de devenir raisonnables, conscients, sensés, lorsque nous passerons à la réalisation scénique de notre projet. C'est alors que nous matérialiserons tous ces états, ces tensions et ces mouvements. Pendant que j'écris et pendant que vous lisez nous

devons être impudemment ouverts, influen-
çables.

Chaque nouveau film est une aventure (et pas
seulement sur le plan financier !). Je crois que
c'est Schiller qui a dit qu'il faut savoir se
compromettre en temps voulu. Je voudrais donner une extension à cette maxime et dire qu'il
faut se compromettre continuellement. Fin de
mon éruption !

Ceci est la continuation et la conclusion du
rêve.

Une aube sans ombre. Les visages des quatre
femmes, précis, tendus, délimités avec précision,
les yeux, les lèvres, la peau et les mouvements des
mains. La chambre à coucher, lointaine, presque
flottante, la lueur maladive des bougies près du
lit. Les surfaces bleues : les rectangles des
fenêtres tendues de drap blanc.

Anna se tient près de la porte entre les deux
pièces. — Agnès veut que Karin vienne.

Sans réaction visible, le regard baissé, Karin
entre rapidement dans la chambre. Elle s'arrête
au pied du lit. Agnès la supplie en chuchotant de
lui tenir les mains, de la réchauffer, de l'embrasser. Agnès dit que tout autour d'elle n'est que
vide, elle implore l'aide de sa sœur. Agnès
demande à Karin de rester près d'elle jusqu'à ce
qu'elle n'ait plus peur.

— Je ne peux pas, dit Karin. Aucun être humain ne ferait ce que tu demandes. Je vis et je ne veux rien avoir à faire avec ta mort. Peut-être, si je t'aimais... Mais je ne t'aime pas. Ce que tu me demandes est répugnant. Je te quitte à présent. Dans quelques jours je pars.

Agnès écoute les yeux fermés.

Karin quitte la chambre. La pendule sonne. Un coup de vent passe entre les arbres. Puis c'est de nouveau le calme. Anna est près de la porte pour la deuxième fois.

— Agnès veut que Maria vienne.

Maria ne peut réprimer un mouvement d'hor-reur, puis elle se retient. Agnès la prie de ne pas avoir peur, de la toucher, de lui parler, de lui tenir les mains, de la réchauffer.

Hésitante, Maria franchit le dernier pas. Hési-tante et effrayée, elle prend les mains de sa sœur.

— Je veux bien rester auprès de toi aussi long-temps que tu en auras besoin. Tu es ma sœur et je ne veux pas te laisser seule. J'ai tellement pitié de toi. Te souviens-tu quand nous étions petites et que nous jouions à l'heure du crépuscule. Soudain nous avions peur et nous nous blottis-sions dans les bras l'une de l'autre. C'est la même chose à présent, n'est-ce pas ?

— Je n'entends pas ce que tu dis, se plaint Agnès. Il faut que tu parles plus fort et que tu t'approches plus près. Maria se penche encore plus vers Agnès. Elle ferme les yeux et son visage dans une froide sensation d'épouvante et de dégoût.

Puis Agnès lève la main dans un geste de somnambule et attrape les peignes dans la chevelure de Maria qui se défait et recouvre les deux visages. Ensuite, Agnès pose sa main sur la nuque de Maria, l'attire violemment vers elle et pose ses lèvres sur sa bouche.

Maria hurle et se libère, passe sa main sur sa bouche, se recule en vacillant et crache. Puis elle s'enfuit dans la pièce contiguë, tente d'ouvrir les portes conduisant à la salle à manger, mais elles sont fermées, elle tente ensuite d'ouvrir les portes menant au hall d'entrée, elles sont aussi fermées.

Les pendules sonnent, de nouveau. Une rafale de vent souffle entre les arbres.

On entend alors la plainte d'Agnès, faible et lointaine mais persistante.

Anna se tient sur le seuil de la porte.

— Agnès me demande de rester près d'elle. Vous n'avez plus besoin d'avoir peur. Je vais m'occuper d'elle.

— J'ai ma fille, je dois penser à elle, dit Maria. Elle doit bien le comprendre. J'ai un mari qui a besoin de moi.

— C'est répugnant, dit Karin. C'est dégoûtant et absurde. Elle se décompose déjà. Elle a de grandes taches sur les mains.

— Je vais près d'elle, dit Anna. Je reste avec elle.

Anna ferme les portes. Maria et Karin demeurent comme paralysées par un rêve. On continue à entendre les plaintes d'Agnès. La lumière du jour meurt sur les vitres. Les arbres du parc sont devenus immobiles et noirs.

Les visages des femmes apparaissent indistinctement dans l'ombre grandissante. Toutes les couleurs disparaissent. Les murs rouges s'assombrissent dans la pénombre incertaine et mouvante.

Les plaintes d'Agnès s'entendent de plus en plus faiblement (tel un enfant qui pleure doucement avant de s'endormir et qui continue à geindre).

Puis c'est le silence complet. Les pleurs se sont tus.

Tout est calme.

Les portes s'ouvrent et Anna apparaît (ses yeux, sa bouche, le corps lourd ; les mains larges).

— À présent elle dort, dit Anna qui va ouvrir les portes de la salle à manger.

Maria commence à aller et venir dans la pièce, tel un oiseau effarouché. De la main gauche, elle tient son bras droit et tente de le faire se mouvoir.

— Je ne sais pas ce qui m'est arrivé avec ma

main, crie-t-elle. Qu'est-il arrivé à ma main ? Je ne peux pas la bouger. Elle est pétrifiée.

— Ne crie pas, dit Karin. Tu pourrais réveiller Agnès et tout serait à recommencer depuis le commencement. Je n'ai pas envie de perdre la raison. Il ne nous arrivera rien. Tout cela n'était qu'un rêve. Tu entends ce que je dis, Maria ? Tout n'était qu'un rêve ?

14

Le journal d'Agnès :
Pourtant, je continue à peindre, à sculpter, à écrire, à jouer. Autrefois, je m'imaginais qu'en faisant œuvre de création, je prenais contact avec le monde qui m'entoure, j'abandonnais ma solitude. À présent, je sais que cela ne se passe pas du tout de cette façon. En fin de compte, ma soi-disant expression artistique n'est qu'une protestation désespérée contre la mort. Malgré cela, je continue. Personne d'autre qu'Anna ne voit ce que j'arrive à faire. En fait, je ne sais pas si cela est bon ou mauvais. Vraisemblablement, c'est mauvais. J'ai vu tellement peu de chose de la vie. Je ne me suis jamais souciée de vivre au milieu des gens et de leur réalité. Bien que je me

demande si leur réalité est tellement plus sensible que la mienne, je veux dire la maladie.

(À cette occasion, je devrais peut-être parler un peu de l'atelier d'Agnès. C'est une pièce spacieuse, toute en longueur avec des fenêtres au nord, sans rideaux. Au milieu de la pièce est planté un chevalet portant un tableau inachevé. La peinture d'Agnès est riche en couleurs et assez romantique. Son sujet favori est les fleurs.)

Perpendiculairement à l'un des petits côtés de la pièce, se trouve une vieille table recouverte de partitions. Au-dessus, est accroché un grand dessin au fusain, plein de vigueur, représentant Anna. Sur une table en bois, à droite de la porte, s'amoncellent les résultats parfois touchants de l'inlassable activité d'Agnès : sculptures en argile, mosaïques, céramiques aux couleurs éclatantes, matériel de peinture, objets dépareillés de toutes sortes, piles de dessins et d'aquarelles. Devant la fenêtre, Agnès a placé le vieux bureau usé de son enfance, surchargé de livres, de dossiers et de papiers. Une grande photographie de jeunesse de sa mère. Une boîte à musique de la plus belle invention, remplie de vieilles rengaines et d'airs à danser. Dans le coin de la pièce, se tient de guingois une grande armoire vitrée contenant tout ce qui existe entre ciel et terre : des livres, des bouteilles de vin et des verres, des

statuettes chinoises en argile, quelques marionnettes, un vieil appareil photo, etc.

Près de la porte est accroché un tableau ou un
panneau où se trouve inscrit un poème enluminé
par de petites aquarelles : « Où est l'ami que
partout je cherche, lorsque naît le jour ma langueur ne fait que croître, quand le jour s'en va,
je ne l'ai pas encore trouvé, bien que mon cœur
brûle. »

15

Les sœurs et leurs maris sont de retour de
l'enterrement. Ils sont assis dans le salon et se
réchauffent en buvant une tasse de thé et un
verre de Xérès pendant qu'ils attendent les voi-
tures qui doivent les conduire à la gare.

Anna est occupée à boucler les valises et à les
descendre. Elle traverse la pièce, s'active, va et
vient toujours affairée.

La neige tombe doucement, sans arrêt.

La conversation est lente. Il règne entre les
beaux-frères une politesse froide, un peu teintée
de dédain. Les sœurs restent dans l'expectative.

— Ce fut en tout cas un enterrement suppor-
table, dit Fredrik. Personne n'a pleuré ou n'est

devenu hystérique. La musique était belle et le prédicateur a été bref.

— À propos, ne devrions-nous pas faire quelque chose pour Anna, dit Joakim soudain.

Fredrik écarquille ses yeux noirs et a une grimace d'étonnement.

— Faire quoi ? Excuse-moi, cher beau-frère, je ne comprends pas ce que tu veux dire.

— Elle s'est occupée d'Agnès ces douze dernières années. Ne devrions-nous pas lui verser une indemnité ou lui proposer une autre place ?

— Pas question, dit Fredrik. Elle est jeune et en bonne santé et jusqu'ici elle a vécu des jours heureux. Nous n'avons aucune raison de nous préoccuper de son avenir.

— Je lui ai promis qu'elle pourrait choisir un souvenir d'Agnès, dit Karin.

— De son choix ?

— Oui, naturellement. Je trouve qu'elle en a le droit.

— Ce que je peux détester ce genre de gestes spontanés, dit Fredrik, mais ce qui est dit est dit, c'est bien de lui en parler immédiatement.

Maria appelle Anna qui entre dans la pièce avec une calme indifférence. Joakim lui explique ce qui a été décidé.

Anna réfléchit un instant et dit qu'elle ne veut rien. Elle le dit d'un ton tel que Fredrik est irrité. Il hausse les épaules : Sie versucht eine schöne Rolle zu spielen. Aber dafür kriegt sie gar nichts ?

— Alors, Anna, tu partiras à la fin du mois ? dit Karin. Anna acquiesce en hochant la tête.

— Bien, il n'y a plus rien à régler pour l'instant, dit Joakim qui se lève d'un bond.

— Partons avant que les chemins qui mènent à la gare ne soient complètement enneigés, dit Fredrik.

On se met en route. Karin et Maria serrent la main d'Anna et la remercient pour tout ce qu'elle a fait durant ces années passées. Maria glisse un billet de banque dans la main de la servante qui l'accepte et remercie en faisant une révérence. Karin attend sur le pas de la porte et dit à Maria qu'elle souhaite lui dire quelques mots. Elles reviennent dans le salon. Toutes deux sont nerveuses et hésitantes.

— Ce soir où nous avons été si proches l'une de l'autre, dit Karin anxieuse. As-tu pensé à ce que nous avions dit ce soir-là ?

— Bien sûr, j'y ai pensé, dit Maria en souriant.

— Ne pourrions-nous pas tenir nos résolutions ?

— Oui, chère Karin, pourquoi ne le pourrions-nous pas ?

— Je ne sais pas. Tout est si différent de cette soirée.

— Je trouve que nous sommes devenues beaucoup plus proches l'une de l'autre, dit Maria en souriant.

— À quoi penses-tu ? dit Karin.

— Je pense à ce dont nous parlons, répond Maria surprise.

— Non, ce n'est pas cela, dit Karin avec une soudaine âpreté.

— Je pense que Joakim m'attend et c'est ce qu'il déteste le plus, dit Maria. Je ne comprends pas pourquoi tu exiges que je te rende compte de ce que je pense. Que veux-tu ?

— Rien, répond Karin fatiguée.

— Bon, si tu ne veux rien, j'espère que tu ne te vexeras pas que je te dise au revoir, répond Maria froidement.

— Tu m'as touchée, dit soudain Karin qui regarde sa sœur avec gravité. Tu ne te le rappelles pas ?

— Je ne me rappelle pas toutes mes bêtises et surtout je ne veux pas avoir à en répondre. Adieu, très chère Karin. Prends bien soin de toi et embrasse les enfants. Nous nous verrons à l'Épiphanie, comme de coutume.

Elle s'apprête à embrasser Karin sur la joue, mais Karin se retire. Maria sourit comme pour se disculper et hoche la tête. Quel dommage, dit-elle, puis elle sort rapidement de la pièce.

Tout le monde est parti.

À présent, Anna est seule.

Elle va de pièce en pièce et n'arrive pas à se décider à allumer une lampe ou à s'occuper. Au contraire, elle devient de plus en plus troublée. De temps en temps elle appuie sa main sur sa bouche comme pour empêcher le jaillissement d'un cri.

— Ce n'est rien, se dit-elle. Cela ne fait rien. Je sais que cela ne fait rien.

Elle est debout près de la fenêtre et regarde en direction du parc. La neige tombe plus dense et le vent a commencé à souffler. Il fait de plus en plus sombre mais elle n'en allume pas pour autant la lampe. Le parfum des fleurs fanées se mêle à la fumée de cigare et à l'odeur des personnes étrangères à la maison.

Dans la salle, il y a encore les tréteaux, la draperie noire et les grands cierges. Anna écoute.

Elle entend de faibles pleurs d'enfant.

Des pleurs lointains, à peine discernables.

16

Le journal d'Agnès :

Un jour d'été. Il fait frais, comme à l'approche de l'automne, mais il fait beau et doux. Mes sœurs, Karin et Maria, sont venues me voir. C'est merveilleux de pouvoir être réunies comme autrefois, comme du temps où nous étions enfants. Je me sens beaucoup mieux, nous pouvons même faire une petite promenade ensemble, c'est un grand événement, surtout pour moi qui ne suis pas sortie de la maison pendant si longtemps. Nous nous sommes promenées doucement jusqu'à la vieille balançoire accrochée au chêne. Et puis nous nous sommes assises toutes les quatre (Anna était aussi avec nous) dans la balançoire et nous nous sommes laissé bercer, lentement et doucement.

Je fermais les yeux et sentais le vent et le soleil caresser mon visage. Toute douleur avait disparu. Les êtres que j'aime le plus au monde étaient près de moi, je pouvais les entendre parler doucement autour de moi, je sentais la présence de leurs corps, la chaleur de leurs mains. Je gardais les yeux fermés, je voulais arrêter ces instants et je pensais : ceci est en tout cas le Bonheur. Je ne peux souhaiter quelque chose de meilleur. À présent, pendant quelques minutes, je peux goûter la plénitude. Et je suis remplie de gratitude envers ma vie qui me donne tant.

Fårö, jeudi 3 juin 1971.

Persona

Je n'ai pas écrit un scénario de film au sens habituel du terme. Ce que j'ai écrit me paraît ressembler plus à une simple ligne mélodique que, je crois, j'orchestrerai pendant le tournage avec l'aide de mes collaborateurs. Sur de nombreux points, je suis indécis et à un moment, au moins, je ne sais absolument rien de ce qui se passera. En fait, j'ai découvert que le sujet que j'avais choisi était immense et que la sélection qu'il me faudrait faire des séquences à inclure dans le film définitif (cette pensée me fait frémir) ne pourrait être qu'arbitraire. C'est pourquoi j'invite la fantaisie du lecteur ou du spectateur à faire librement usage des éléments que je mets à sa disposition.

1

Je m'imagine la pellicule transparente défilant à toute vitesse à travers l'appareil de projection. Épurée de tout signe et de toute image elle permet à l'écran de refléter une lumière qui papillote. Des haut-parleurs, on ne perçoit que le ronflement de l'amplificateur et le faible crépitement des particules de poussière passant sur la tête de lecture.

La lumière se stabilise et devient plus dense. Des sons incohérents et des fragments de mots semblables à de courts crépitements commencent à sortir petit à petit des murs et du plafond.

Sur la blancheur de l'écran apparaissent les contours d'un nuage, à moins que ce ne soit le reflet de l'eau, non c'est bien un nuage, ou plutôt un arbre surmonté d'une énorme couronne de feuillage, non, c'est un paysage lunaire.

Le bourdonnement s'amplifie en mouvements ondulatoires et des mots entiers (incohérents et lointains) commencent à être perçus telles des ombres de poissons en eau profonde.

Pas de nuage, pas de montagne, pas d'arbre feuillu mais un visage dont le regard fixe celui du spectateur. Le visage d'Alma, l'infirmière.

— Sœur Alma, êtes-vous allée voir Mme Vogler ? Non. C'est aussi bien. Nous irons ensemble. Comme cela, je pourrai vous présenter l'une à l'autre. Je vais rapidement vous mettre au courant du cas de Mme Vogler et des causes de la situation où elle se trouve et aussi des raisons pour lesquelles vous avez été engagée pour la soigner. En quelques mots : Mme Vogler est (comme vous le savez) artiste dramatique et elle vient de jouer la dernière représentation d'*Électre*. Au cours du deuxième acte, elle s'est tue et elle s'est mise à regarder autour d'elle, comme étonnée. Elle n'a pas réagi à l'intervention du souffleur et elle ne s'est pas aidée de son partenaire, elle est bien restée pendant une minute sans dire un mot. Puis elle a recommencé à jouer comme si de rien n'était. À l'issue de la représentation, elle s'est excusée auprès de ses camarades et elle a motivé son silence en disant ceci : « J'ai été prise d'une terrible envie d'éclater de rire. »

« Elle s'est démaquillée puis elle est rentrée chez elle. En compagnie de son mari elle a pris un

léger souper dans la cuisine. Ils ont parlé de
choses et d'autres et Mme Vogler a raconté suc-
cinctement ce qui s'était passé durant la représentation, elle était un petit peu gênée.

« Les époux se sont dit bonsoir et ont regagné
leurs chambres respectives. Le lendemain matin,
on a téléphoné du théâtre pour demander si
Mme Vogler avait oublié sa répétition. Lorsque la
gouvernante est entrée dans la chambre de
Mme Vogler, celle-ci était toujours au lit. Elle était
réveillée mais elle ne bougeait pas et ne répondait
pas aux questions de la gouvernante.

« Cela fait trois mois qu'elle se trouve dans cet
état. Elle a subi tous les examens qu'il est possible d'imaginer. Le résultat est sans équivoque :
Pour autant que nous pouvons en juger,
Mme Vogler est parfaitement saine de corps et
d'esprit. Il ne peut même pas être question d'une
quelconque sorte de réaction hystérique. Au
cours de son évolution aussi bien d'être humain
que d'artiste, Mme Vogler a toujours fait preuve
d'un caractère heureux, d'une grande faculté
d'adaptation et d'une santé physique remarquable. Une question que vous voudriez poser,
sœur Alma ? Bon, eh bien nous pouvons aller
voir Mme Vogler.

2

— Bonjour, madame Vogler. Je m'appelle Alma et j'ai été engagée pour m'occuper de vous pendant quelque temps.

(Mme Vogler l'examine avec beaucoup d'attention.)

— Si vous le voulez bien, je vais vous parler un peu de moi. J'ai obtenu mon diplôme d'infirmière il y a deux ans. J'ai vingt-cinq ans et je suis fiancée. Mes parents habitent à la campagne, ils ont une petite ferme. Ma mère était infirmière, elle aussi, avant de se marier.

(Mme Vogler écoute.)

— À présent je vais aller chercher votre dîner. Au menu il y a du foie rôti et de la salade de fruits. J'ai trouvé que cela avait l'air très appétissant.

(Mme Vogler sourit.)

— Je vais seulement remonter un peu l'oreiller derrière votre dos, afin que vous soyez bien à l'aise, madame Vogler.

3

— Eh bien, sœur Alma, quelle est votre première impression ?

— Je ne sais pas, docteur. C'est difficile à dire. Je n'ai pas arrêté de regarder ses yeux. D'abord, on trouve que son visage est si doux, je dirais presque enfantin. Mais ensuite, lorsque l'on regarde ses yeux, alors... Je ne sais pas comment le dire. Son regard est si dur, je trouve. Je me suis demandé un instant si cela ne lui déplaisait pas que je lui parle. Mais elle ne m'a pas paru agacée. Non, du reste, je ne sais pas. Peut-être aurais-je dû...

— Dites ce que vous pensiez, sœur Alma.

— Un instant j'ai pensé que je devrais renoncer à cette tâche.

— Quelque chose vous a fait peur ?

— Non, je ne peux pas dire cela. Mais peut-être Mme Vogler aurait besoin d'une infirmière plus âgée et plus expérimentée, je veux dire qui ait une plus grande expérience de la vie. Je ne réussirai peut-être pas.

— Comment cela « réussirai » ?

— Spirituellement.

— Spirituellement ?

— Dans le cas où la prostration de Mme Vogler est le résultat d'une décision délibérée de sa part, et cela doit être le cas étant donné qu'on la juge saine de corps et d'esprit.

— Alors ?

— Eh bien, il s'agit d'une décision qui témoigne d'une grande force psychique. Je crois que la personne qui doit s'occuper d'elle a besoin d'une grande force d'âme. Tout simplement, je ne sais pas si je suis à la hauteur de cette tâche.

— Sœur Alma, lorsque je me suis mis en quête d'une infirmière pour s'occuper de Mme Vogler, j'ai longuement discuté avec la directrice de votre école et celle-ci a tout de suite prononcé votre nom. Elle a estimé qu'à tous les points de vue vous conveniez à cette tâche.

— Je ferai de mon mieux.

4

Sœur Alma vient de faire une piqûre à Mme Vogler, elle lui arrange ses oreillers, éteint la lampe de chevet puis se dirige vers la fenêtre et écarte les doubles rideaux. C'est le crépuscule mais le ciel jette encore une forte lueur au-dessus

des cimes des arbres chargés des lourds feuillages
de l'automne. Juste au-dessus du croisillon de la
fenêtre rougeoie un petit croissant de lune.

— Madame Vogler, j'ai pensé que vous aime-
riez voir le crépuscule de votre lit. Je tirerai les
doubles rideaux un peu plus tard. Voulez-vous
que je mette la radio, doucement ? je crois qu'on
donne une pièce.

Sœur Alma se déplace rapidement dans la
chambre et presque silencieusement, elle sent que
Mme Vogler n'arrête pas de l'observer. De la
radio se fait entendre une voix indéfinissable.

— Pardonne-moi, pardonne-moi mon amour,
oh il faut quand même me pardonner. Je ne
cherche rien d'autre que ton pardon. Pardonne-
moi et à nouveau je pourrai respirer — vivre.

La belle diction est interrompue par le rire de
Mme Vogler. Elle rit de bon cœur. Elle rit tant
qu'elle en a les larmes aux yeux. Puis elle se tait
pour écouter. La voix de femme poursuit inlas-
sablement.

— Que sais-tu de la miséricorde, que
connais-tu de la douleur d'une mère, d'un cœur
de femme qui saigne ?

À nouveau, Mme Vogler éclate d'un rire sonore.
Elle soulève le bras et saisit la main d'Alma, elle
attire celle-ci vers le bord du lit puis se met à
tourner nerveusement le bouton de la radio, la

voix de la femme est amplifiée dans des propor-
tions surnaturelles :

— Oh Dieu, toi qui te trouves dehors, quelque
part dans ces ténèbres qui nous entourent tous.
Aie pitié de moi. Toi qui es amour...

Sœur Alma, épouvantée, éteint la radio, la voix
se tait. Elle regarde, souriante et incertaine, en
direction de Mme Vogler qui rit tout bas, son front
est plissé. Puis elle secoue lentement la tête et
regarde calmement sœur Alma.

— Non, madame Vogler, je ne m'y connais pas
dans ces choses-là. Bien sûr, je m'intéresse au
théâtre et au cinéma, mais les occasions sont
rares, malheureusement. Le plus souvent, on est
beaucoup trop fatiguée quand le soir arrive.
Encore que...

— ?

— Encore que j'éprouve une immense admira-
tion pour les artistes et je trouve que l'art a une
importance énorme dans la vie... surtout pour les
êtres qui, d'une manière ou d'une autre, ont des
difficultés.

Ces derniers mots, Alma les a prononcés avec
un peu de gêne dans la voix. Mme Vogler la
regarde avec attention, ses yeux sont sombres.

— Je ne crois pas que je devrais donner mon
avis sur de telles choses quand vous m'écoutez,

madame Vogler. C'est s'engager sur un chemin dangereux.

« Je vais peut-être remettre la radio. Non ? Ah bon. Mais il y a peut-être de la musique. Non plus ! Alors bonne nuit, madame Vogler, dormez bien. »

Elle lâche la grande main un peu moite aux veines bleues — une main lourde et belle et plus vieille, pourrait-on dire, que le visage toujours jeune. Puis elle sort de la chambre, les doubles portes craquent. On l'entend dire quelque chose dans le couloir. Puis c'est le silence.

Elisabet Vogler appuie sa tête en arrière sur l'oreiller assez dur. La piqûre commence à produire son effet, une agréable sensation de somnolence. Dans le silence régnant, elle écoute sa propre respiration qui lui paraît être étrangère mais en même temps de bonne compagnie. Des larmes lui montent aux yeux et coulent lentement le long des tempes, de chaque côté, jusque dans ses cheveux défaits. Sa bouche est grande, molle et à demi ouverte. Il fait de plus en plus sombre. Les arbres s'estompent et disparaissent au fur et à mesure que le ciel s'obscurcit. Elle entend des voix au loin, des voix graves qui se meuvent au rythme de sa respiration tranquille. Ce sont des mots sans signification, des fragments de phrases, des syllabes mélangées ou tombant comme des gouttes avec des intervalles de silence.

Ses yeux continuent à s'emplir de larmes.

5

Alma se déshabille.

Elle met un peu d'ordre, s'affaire dans sa petite chambre. Elle lave des bas.

Elle arrose une plante indéfinissable en train de dépérir. Allume la radio. Bâille plusieurs fois. S'assoit sur le bord du lit vêtue d'un vieux pyjama.

— On peut aller n'importe où, ou presque, on peut faire à peu près n'importe quoi. Je vais me marier avec Karl-Henrik et nous aurons quelques enfants que j'élèverai. Tout cela est déterminé, tout cela se trouve déjà en moi-même. Je n'ai même pas besoin d'y penser, de me demander comment cela se passera. Quelle énorme sensation de sécurité ! Et puis j'ai un métier que j'aime. C'est agréable cela aussi, mais d'une tout autre manière. Je me demande en fait ce que peut bien avoir Mme Vogler ?

6

Un matin, quelques jours plus tard, Alma trouve sa patiente dans un grand état de fébrilité. Sur le couvre-lit se trouve une lettre qui n'a pas été décachetée.

— Madame Vogler, vous voulez que j'ouvre la lettre ?
(Fait signe que oui.)
— Vous voulez que je la lise ?
(Fait de nouveau signe que oui.)
— Vous voulez que je vous la lise à haute voix ?

Sœur Alma a déjà appris à comprendre et à interpréter les expressions du visage de Mme Vogler, c'est rare quand elle se trompe. À présent elle ouvre la lettre et commence à la lire d'une voix qu'elle tente de rendre aussi impersonnelle que possible. De temps en temps elle s'interrompt car l'écriture est très difficile à lire. Il y a certains mots qu'elle n'arrive pas à déchiffrer.

LA LETTRE

Très chère Elisabet ! Je t'écris, puisque je n'ai pas le droit de te rendre visite. Si tu ne veux pas lire ma lettre, ne la lis pas. En tout cas, je ne peux pas m'empêcher de rechercher ce contact avec toi, car je souffre d'une angoisse permanente et me pose continuellement la même question : T'ai-je fait du mal, d'une manière ou d'une autre ? T'ai-je blessée sans le savoir ? Un grave malentendu a-t-il surgi entre nous ? Je me pose mille questions et ne reçois aucune réponse.

Pour autant que je peux comprendre, nous étions heureux. Nous n'avions jamais été si proches l'un de l'autre que maintenant. Te souviens-tu, tu as dit : Ce n'est que maintenant que je commence à comprendre ce que signifie et implique le mariage. Tu m'as appris (ici je ne peux pas lire ce qui est écrit). Tu m'as appris que (c'est presque illisible) tu m'as appris que nous (à présent je vois) devons nous considérer mutuellement comme deux enfants anxieux, pleins de bonne volonté et de bonnes intentions mais qui seraient dirigés (cela doit être dirigés) par des forces que nous ne contrôlons que partiellement.

Te souviens-tu que tu as dit tout cela. C'était lors d'une de nos promenades en forêt, tu t'es arrêtée et tu t'es accrochée à la ceinture de mon manteau.

Sœur Alma s'interrompt et regarde avec Mme Vogler. Celle-ci s'est assise dans son l visage est défait.

— Je n'en lis pas plus ?
(Secoue la tête.)
— Bien, alors il faut que vous vous allongez, madame Vogler. Voulez-vous que j'aille chercher un calmant ?
(Secoue la tête comme précédemment.)
— Non. Bon. Ah, il y a également une photographie avec la lettre. Une photo de votre fils. Vous la voulez, madame Vogler ? Je ne sais pas si... Il a l'air très mignon.

Mme Vogler prend la photo et la regarde longuement. Alma est debout, elle pose ses mains sur le montant du lit. Elle a rangé la lettre dans la poche de son tablier.

Mme Vogler déchire la photo en deux, regarde les deux morceaux avec dégoût et les tend à sœur Alma.

7

Le soir même, Alma se rend dans un petit cinéma de quartier pour y voir un film datant de quelques années et dans lequel Elisabet Vogler tenait le premier rôle.

8

Le même soir (celui où Alma s'est rendue au cinéma) se produit un événement qu'il est bon de noter. Comme beaucoup d'autres patients dans cette clinique, Mme Vogler a un appareil de télévision dans sa chambre. Ils sont nombreux à être étonnés de l'intérêt avec lequel Mme Vogler suit les programmes d'émissions les plus variées. Ce qu'elle évite de regarder, ce sont principalement les représentations théâtrales.

Ce soir-là, elle regarde un tour d'horizon politique. Ce programme comprend une séquence montrant une bonzesse bouddhiste qui s'immole par le feu en pleine rue, en signe de protestation

contre la politique du gouvernement en matière
de religion. Lorsque Mme Vogler voit cette scène,
elle se met à pousser des cris aigus et déchirants.

9

Un jour, la doctoresse entre dans la chambre
de Mme Vogler et s'assoit sur la chaise réservée
aux visiteurs.

— Elisabet, il n'y a pas de raison pour que tu
restes plus longtemps à la clinique. Je crois que
cela ne serait pas bon pour toi. Étant donné que
tu ne veux pas rentrer chez toi, je propose que
toi et sœur Alma alliez passer quelque temps dans
ma maison d'été au bord de la mer. Il n'y a pas
un être vivant à une lieue à la ronde. Je peux te
certifier que la nature est le meilleur des méde-
cins.

Elle reste assise un moment et réfléchit, elle
passe ses ongles sur la paume de sa main.
Mme Vogler se repose, allongée sur son lit ; elle est
vêtue d'une robe de chambre gris clair qui lui
tombe jusqu'aux pieds. Elle pèle une poire à
l'aide d'un petit canif pointu en argent. Le jus
coule sur ses doigts.

— Eh bien, que penses-tu de ma proposition ?

Mme Vogler la regarde en souriant, comme pour s'excuser. Mais le visage de la doctoresse conserve son expression, comme s'il exigeait une réponse.

— C'est aussi bien que tu te décides tout de suite, sinon tu vas encore te creuser la tête pour faire ton choix. J'en ai déjà parlé à sœur Alma. Elle a un peu hésité, du fait qu'elle est plus ou moins fiancée. Mais quand je lui ai dit que le fiancé pourrait habiter dans la maisonnette réservée aux invités, les jours où il est libre, elle a fini par accepter. En fait on peut aussi soudoyer sœur Alma, je présume qu'elle est en train de monter son trousseau ou d'entreprendre quelque chose d'aussi rétrograde et agaçant.

Mme Vogler mange un quartier de cette poire bien trop juteuse, elle tient ses doigts écartés, attrape une serviette en papier et s'essuie avec soin les mains et la bouche, elle essuie ensuite le manche du couteau.

— Sœur Alma est une petite bonne femme de grande envergure. Elle te donnera toute satisfaction.

La doctoresse se lève et se dirige vers le lit, elle tapote le pied de Mme Vogler.

— N'en parlons plus pour aujourd'hui ! Tu me donneras ta réponse demain ou après-demain. Il faut bien te laisser quelque chose pour que tu te tracasses, étant donné que l'on t'a tout enlevé.

À présent, Mme Vogler a l'air véritablement tourmentée.

— Là, tu *as l'air* vraiment de souffrir ! Il va falloir faire vibrer la corde sensible avec prudence.

Mme Vogler secoue la tête.

— Il va tout de même falloir la faire vibrer. Sinon cela serait encore pire.

Mme Vogler ferme les yeux, comme si elle voulait mettre dehors la doctoresse, puis elle ouvre à nouveau les yeux, doucement. La doctoresse est toujours là.

— Ne crois-tu pas que je comprends. Ce vain rêve d'*être*. Pas d'agir non, d'être ! À chaque instant être consciente, éveillée. Et en même temps cet abîme entre ce que tu es au regard des autres et ce que tu es vis-à-vis de toi-même. Cette

sensation de vertige et cette fringale de révéla-
tion... Être enfin comprise, dévoilée, diminuée,
peut-être anéantie. Chaque intonation : un mensonge, et une trahison. Chaque geste : une falsification. Chaque sourire, une grimace : le rôle
d'épouse, le rôle de camarade, le rôle de mère, le
rôle de maîtresse, lequel est le pire ? Lequel t'a
fait le plus souffrir ? De jouer l'actrice au visage
intéressant. Tenir tous les morceaux d'une main
de fer et arriver à ce qu'ils tiennent ensemble. Où
cela a-t-il cassé ? Où as-tu échoué ? Est-ce le rôle
de mère qui a eu raison de toi ? Car ce n'était pas
le rôle d'*Électre*. Là tu respirais, cela t'a même
permis de tenir le coup un peu plus longtemps. Et
c'était même une excuse pour assumer tes autres
rôles, ceux de la réalité, de façon un peu plus
sommaire. Mais quand c'en fut terminé avec
Électre, alors tu n'avais plus rien derrière quoi
te cacher, rien qui puisse te permettre de tenir.
Aucune excuse. Et tu es restée plantée là avec ton
besoin de vérité et ton dégoût. Te suicider ? Non,
c'est trop affreux et cela ne se fait pas. Mais on
peut devenir immobile. On peut devenir muette.
Comme cela on ne ment pas. On peut mettre un
paravent, s'enfermer. Et comme cela on n'a pas
besoin de jouer un rôle, de montrer un visage, de
faire des gestes faux. C'est ce que l'on croit. Mais
la réalité est infernale. Ta cachette n'est pas
suffisamment étanche. La vie s'infiltre par toutes

les fentes. Et tu es obligée de réagir. Personne ne demande si c'est vrai ou faux, si tu es sincère ou hypocrite. Il n'y a qu'au théâtre que cela est une question importante. Et encore ! Elisabet, je comprends que tu te taises, que tu restes immobile, que tu aies fait de l'apathie un système fantastique. Je comprends et j'admire. Je trouve qu'il faut que tu conserves ce rôle jusqu'à ce que tu le trouves inintéressant, épuisé et que tu puisses l'abandonner petit à petit comme tu abandonnes tes autres rôles.

10

La pellicule défile dans le projecteur en crépitant. Elle passe à une vitesse assez importante : vingt-quatre images à la seconde, vingt-sept mètres bien comptés à la minute. Les ombres ruissellent sur la paroi blanche. C'est bien de la magie. Mais une magie d'une sobriété exceptionnelle et impitoyable. Rien ne peut être modifié, annihilé. Et tout cela avance bruyamment, aussi souvent que l'on veut, toujours avec cette même docilité immuable et froide. Placez un verre rouge devant l'objectif, les ombres seront rouges, mais à quoi bon ? Chargez le film à l'envers ou en

marche arrière, le résultat ne sera guère différent. Il n'y a qu'un seul changement qui soit
radical. Tournez l'interrupteur de courant, étei-
gnez cet arc lumineux qui siffle, rembobinez le
film, remettez-le dans sa boîte et oubliez.

11

Vers la fin de l'été, Mme Vogler et Alma s'ins-
tallent dans la maison d'été de la doctoresse. Elle
est située un peu à l'écart, une longue bande de
plage s'étend au nord en direction de la mer et à
l'ouest il y a une crique bordée de rochers
abrupts. De l'autre côté de la maison il y a une
lande de bruyères et un petit bois.

Le séjour au bord de la mer a l'air de bien
convenir à Mme Vogler. L'apathie qui l'avait
paralysée durant son séjour à la clinique
commence à s'estomper au fil des longues promenades à pied, des parties de pêche en mer, et
d'autres occupations telles que la préparation
des repas, la correspondance et autres distrac-
tions. Cependant, par moments, il lui arrive de
retomber dans une grande mélancolie, une souffrance figée. Elle devient alors immobile, léthar-
gique, presque éteinte.

Alma se plaît dans cet isolement champêtre et elle s'occupe de sa patiente avec un soin extrême. Son attention est continuelle et elle envoie des rapports longs et détaillés à la doctoresse.

12

Un épisode : Elles sont assises toutes les deux à la grande table blanche en bois. Alma nettoie des champignons tandis que Mme Vogler consulte un livre sur les champignons et tente de les classer selon leurs caractéristiques. Elles sont assises l'une à côté de l'autre, au soleil, la brise souffle. C'est l'après-midi. La mer brille de mille feux et frissonne.

Mme Vogler prend Alma par le poignet et se met à étudier les lignes de sa main, elle place sa propre main à côté et compare les deux tracés.

— Il ne faut pas, cela porte malheur, tu ne le sais pas ?

13

Un autre épisode : Un jour tranquille, intensément lumineux, comme un jour d'été. Elles sont parties faire une promenade en mer avec le bateau à moteur, elles ont arrêté le moteur et se font bronzer en lisant chacune son livre. Alma rompt le silence et attire l'attention de Mme Vogler :

— Est-ce que je peux te lire un passage de mon livre ? Ou est-ce que je te dérange. Bon, alors je lis ici : « Toute cette angoisse que nous portons en nous, nos rêves déçus, cette cruauté inexplicable, cette angoisse face à la mort, cette douloureuse préemption de notre condition terrestre ont lentement cristallisé notre espoir de rédemption extra-terrestre. Les terribles cris de notre foi et notre doute adressés aux ténèbres et au silence sont une des preuves les plus atroces de notre abandon et de notre conscience inexprimée et terrifiée. »

14

C'est le matin, de bonne heure ; la pluie frappe les vitres. La tempête arrive en lourdes rafales et gronde entre les rochers de la crique.

Les deux femmes sont assises à la table située près de la fenêtre et se font les mains.

— Il faudrait que l'on change. Je ne crois pas en fait que je serais différente de ce que je suis. Mais il y a beaucoup de choses en moi dont je ne suis pas satisfaite.

Elle jette un rapide coup d'œil en direction d'Elisabet très occupée par l'ongle de son annulaire.

— Bien sûr. Mon travail me plaît beaucoup. Depuis ma plus tendre enfance, je n'ai jamais pensé que je pourrais faire autre chose que cela. J'aurais préféré être infirmière en salle d'opérations. C'est terriblement passionnant. Le printemps prochain, je suivrai des cours pour cela.

Elle s'interrompt. Cela ne doit pas être tellement passionnant. Mais elle s'aperçoit qu'Elisabet Vogler la regarde avec attention. Elle est un peu gênée mais en même temps un peu plus hardie.

— Eh oui, changer. Le plus embêtant avec moi, c'est que je suis tellement paresseuse. Et puis le fait d'être paresseuse me donne mauvaise conscience. Karl-Henrik me reproche sans arrêt de ne pas avoir de véritable ambition. Il dit que je vis comme une somnambule. Mais je trouve qu'il est injuste. Lors de l'examen, de tout mon groupe c'est moi qui ai obtenu les meilleures notes. Il voulait sans doute dire autre chose.

Elle sourit et tend le bras pour attraper la cafetière thermos. Elle sert Mme Vogler puis elle-même.

— Tu sais, il y a quelque chose que je souhaite. À l'hôpital où j'ai fait mes études, il y a une maison de retraite pour les vieilles infirmières, celles qui toute leur vie ont été infirmières et qui n'ont vécu que dans leur travail, qui toute leur vie ont porté leur uniforme. Elles habitent là, dans leurs petites chambres, elles vivent et elles meurent près de leur hôpital. Ce que je souhaite, c'est cela : croire si fort en quelque chose que l'on y consacre sa vie entière.

Elle boit un peu de ce café noir et fort.

Mme Vogler a posé ses bras sur la table, elle est assise, légèrement penchée en avant. Son regard n'a pas quitté le visage d'Alma pour qui tout cela est attirant, émouvant.

— Avoir quelque chose en quoi l'on puisse croire. Accomplir quelque chose, trouver que la vie d'un être a un sens. C'est cela que j'aime. De se tenir à quelque chose d'inébranlable, quoi qu'il arrive. Je trouve que c'est cela qu'il faut faire. Signifier quelque chose pour les autres. Tu ne trouves pas, toi aussi ?

— Bien sûr, cela a l'air puéril, mais j'y crois. Il faut avoir une conviction, surtout si l'on n'a pas de religion.

Le ton de sa voix change, elle écarte les cheveux de son front et se penche en arrière sur sa chaise, regarde par la fenêtre et pense à peu près cela : « Je me fiche pas mal de ce que peut penser cette actrice. Une chose est certaine, c'est qu'elle n'a pas les mêmes idées que moi. »

— C'est fou ce que le vent souffle, quelle tempête !

Plus tard au cours de la journée. La pluie et la

tempête se sont un peu calmées. Elles ont déjeuné, à présent elles sont assises sur des tabourets de bar de chaque côté de la table pliante fixée au mur.

— Il était marié. Notre liaison a duré cinq ans. Puis il en a eu assez. Mais moi, j'étais terriblement amoureuse. Oui, je l'étais vraiment. Il faut dire que c'était le premier. Je me *souviens* de tout, quel supplice ! De longues heures de souffrance et de si courts instants de...

Elle ne sait pas quel mot employer. Elle fume avec un peu de fébrilité, le manque d'habitude.

— J'y pense maintenant que tu m'as appris à fumer. Lui, il fumait énormément. Quand on y pense, comme cela, après, c'est naturellement banal. Comme un fait divers, tu vois.

Hésitante, elle regarde Elisabet qui fume calmement et l'écoute avec attention.

— En une certaine manière, cela n'a jamais été tout à fait réel. Je ne sais pas comment expliquer. En tout cas, *je* n'ai jamais été une réalité pour *lui*. Ma souffrance, elle, a été une réalité. Oui, elle l'a été, mais d'une certaine manière, je trouvais que cela en faisait partie, d'une manière dégoûtante en quelque sorte. C'est ainsi que cela devait être. *Et même ce que nous nous sommes dit, même ça.*

C'est l'après-midi et un calme lourd, gris et humide ; on n'entend que le grondement du ressac et le bruit des gouttes tombant des arbres et du toit. Quelque part une fenêtre est ouverte qui laisse pénétrer les senteurs froides du sel, du varech, du bois humide et des genévriers mouillés. Elles ont allumé un feu dans la cheminée de la chambre et se sont installées sur le lit d'Elisabet, chacune les jambes sous une couverture. À portée de la main, elles ont un verre de sherry. Alma a déjà pas mal bu.

Elisabet Vogler est toujours aussi ostensiblement attentive. Elle écoute chaque intonation, remarque chaque mouvement. Alma est de moins en moins lucide, de plus en plus troublée, affolée et attirée par le fait que quelqu'un (pour la première fois de sa vie) s'intéresse justement à elle. Son débit est maintenant plus rapide.

— Il y a tellement de gens qui m'ont dit que je savais si bien écouter. C'est drôle, hein ? Je veux dire que jamais personne n'a pris la peine de m'écouter. Je veux dire, comme tu le fais en ce moment. Et tu as l'air gentille. Je crois que tu es le premier être humain qui m'ait jamais écoutée. En plus, ça ne peut pas être tellement intéressant, n'est-ce pas ? Malgré tout, tu es là à m'écouter. Au lieu de cela, tu pourrais lire un bon livre. C'est fou ce que je suis bavarde. Cela ne t'irrite pas, hein ? Ça fait tellement de bien de pouvoir parler.

Elisabet Vogler secoue la tête et sourit douce-ment, ses joues ont légèrement rosi.

— Tout me semble si chaud et si bon en ce moment précis, je le ressens comme cela, je me trouve dans un état d'âme qui ne ressemble à rien de ce que j'ai pu connaître durant toute ma vie.

Elle s'interrompt et rit. Elisabet rit elle aussi et caresse la joue d'Alma, légèrement, une caresse affectueuse. Alma prend son verre et boit.

— J'ai toujours souhaité avoir une sœur, mais je n'ai qu'une flopée de frères. Sept frères ! C'est quand même bizarre, tu ne trouves pas... Et en plus, je suis arrivée la dernière. J'ai toujours été entourée de garçons de tous âges, autant que je peux m'en souvenir. Mais c'était amusant. J'aime les garçons.

Elle se tait, devient secrète mais brûle d'envie de poursuivre son récit. Des choses parti-culières... cachées...

— Tu sais tout cela, toi, naturellement, avec l'expérience que tu as de la vie et de ton métier de comédienne. N'est-ce pas ?

Elisabet Vogler la regarde avec étonnement.

— J'aime beaucoup Karl-Henrik et, tu comprends, on n'aime vraiment qu'une seule fois dans sa vie. Mais, bien sûr, je lui suis fidèle. Sinon, dans notre profession, les occasions ne manquent pas, ce n'est pas là le problème.

Elle réfléchit à nouveau, se verse un peu plus de sherry ainsi qu'à Elisabet, reprend sa position en s'appuyant le dos au mur et soupire, elle chasse les cheveux qui tombent sur son front.

— C'était l'été dernier. Karl-Henrik et moi passions nos vacances ensemble. C'était le mois de juin et nous n'avions à penser qu'à nous-mêmes. Un jour, il est allé en ville, il faisait beau et chaud, alors je suis allée à la plage. Là se trouvait une jeune fille qui prenait un bain de soleil. Elle habitait sur une île des environs et elle était venue en canot jusque sur notre plage car celle-ci était en plein sud et beaucoup plus à l'abri des regards indiscrets, tu comprends.

Elisabet comprend et acquiesce. Alma constate

ce fait avec un sourire rapide et presque confus.
Elle repose son verre sur la table de nuit. De
nouveau elle chasse un cheveu imaginaire de son
front.

— Nous étions allongées sur le sable et nous
faisions dorer au soleil, nous somnolions et de
temps en temps nous sortions de notre torpeur
pour nous enduire de crème solaire. Nous avions
chacune un grand chapeau de paille sur le visage,
tu sais un de ces grands chapeaux bon marché.
Le mien était orné d'un ruban bleu. De temps en
temps, à travers le chapeau, je regardais le paysage, la mer, le soleil. C'était amusant. Soudain
j'ai aperçu deux silhouettes qui sautaient de
rocher en rocher au-dessus de nous et se
cachaient de temps en temps derrière les pierres
pour regarder sans être vues. J'ai dit à la fille :
« Il y a deux garçons qui nous reluquent. » Elle
s'appelait Katarina, elle me répondit : « Laisse-
les regarder », puis elle se coucha sur le dos. Cela
faisait une impression plutôt étrange. J'avais tout
le temps envie de me lever et d'enfiler mon peignoir de bain, mais je suis restée couchée sur le
ventre, les fesses à l'air, sans aucune espèce de
gêne, très calme en fait.

Katarina était près de moi, elle avait de petits
seins, des grosses cuisses et un pubis touffu. Elle
restait allongée, immobile, elle pouffait de rire.

Je vis que les garçons se rapprochaient. À présent ils ne se cachaient plus du tout, ils étaient là, près de nous, et nous regardaient sans le moindre scrupule. Ils étaient très jeunes tous les deux, ils devaient avoir dans les seize ans je crois.

Alma allume une cigarette. Sa main tremble et elle prend une grande respiration. Elisabet Vogler reste totalement impassible, comme effacée, elle fait seulement un signe de la tête lorsque Alma lui propose une cigarette.

— L'un des garçons, plus hardi, s'est approché de nous puis s'est accroupi près de Katarina. Il faisait semblant de s'intéresser à l'un de ses pieds nus et se grattait entre les orteils. Je commençais à me sentir tout humide mais je restais allongée sur le ventre, sans bouger, les bras sous la tête et le chapeau sur le visage. Alors j'ai entendu Katarina dire : « Allons, viens un peu. » Et elle a pris le garçon par la main et l'a attiré à elle puis elle l'a aidé à enlever sa chemise et ses jeans.

Soudain il s'est retrouvé sur elle, elle lui a montré comment il fallait faire puis elle a posé ses mains sur les fesses maigres et dures du garçon. L'autre était assis sur un rocher et regardait. Katarina riait et chuchotait à l'oreille de son partenaire. Je vis le visage congestionné du garçon tout près du mien. Alors je me retournai et je lui dis soudain : « Tu viens avec moi aussi. » Katarina a ri et a dit : « Va avec elle maintenant. » Il se retira de Katarina et tomba brutalement sur moi en prenant l'un de mes seins, si fort que cela me fit mal et que je gémis, mais j'étais tellement excitée que c'est venu presque tout de suite pour moi, est-ce que tu peux comprendre cela ?

J'allais justement lui dire qu'il devait faire attention de ne pas me mettre enceinte quand c'est venu pour lui aussi et j'ai senti, comme jamais avant ni depuis, son sperme qui jaillissait en moi. Il me tenait solidement par les épaules, cambrant les reins, on aurait dit que cela ne finirait jamais. C'était un liquide brûlant qui arrivait par à-coups. Katarina était couchée sur le côté, elle nous regardait et par-derrière elle avait posé sa main sur les testicules du garçon. Lorsque celui-ci en eut terminé avec moi, elle le prit dans ses bras et, guidant sa main, se masturba. Lorsque vint l'orgasme, elle poussa un cri aigu. Ensuite nous nous mîmes à rire tous les trois et nous appelâmes l'autre garçon qui se prénommait Peter. Il descendit lentement vers nous, il paraissait bien embarrassé et tremblait de froid en plein soleil. Lorsqu'il fut près de nous, nous vîmes qu'il ne devait avoir que treize ans, tout au plus quatorze. Katarina lui déboutonna son pantalon et se mit à jouer avec son membre ; pendant qu'elle le caressait, lui restait immobile et gardait son sérieux et lorsqu'il éjacula, elle avala le sperme. C'est alors que le jeune garçon commença à lui embrasser le dos, elle se tourna vers lui et prenant sa tête entre ses mains elle lui donna le sein. L'autre garçon en fut si excité que lui et moi nous recommençâmes. Tout alla très vite pour moi aussi bien que la première fois. Ensuite nous nous sommes baignés et nous nous sommes séparés. Lorsque je suis arrivée à la maison, Karl-Henrik était déjà rentré de la ville. Nous avons dîné et nous avons bu le vin qu'il avait acheté en ville. Puis nous nous sommes couchés et nous avons fait l'amour. Ça n'a jamais si bien marché entre nous que cette fois-là, ni avant, ni depuis...

C'est le soir. La pluie et la tempête ont cessé. La houle bat les rochers de la crique. Cela mis à part, tout est silencieux. Le phare est allumé, son bras de lumière tournoie au-dessus de la lande.

— Et puis bien sûr, je me suis retrouvée enceinte. Karl-Henrik, qui termine ses études de médecine, m'a emmenée chez un de ses copains qui m'a fait avorter... Tous les deux, nous avons été assez contents que cela se passe sans problèmes. Nous ne voulions pas d'enfant. Pas à cette époque, en tout cas.

Soudain, Alma se met à pleurer, ses sanglots sont empreints à la fois de gêne et de soulagement. Elisabet pose sa large main sur Alma qui soupire, essaie d'engager une conversation mais ses pensées s'expriment en une suite chaotique de formulations.

— Cela ne marche pas, ça ne veut rien dire, si on réfléchit, ça ne correspond à rien. Avoir si mauvaise conscience pour des bagatelles. Tu comprends ce que je veux dire. Peut-on être en même temps des êtres aussi différents et aussi proches l'un de l'autre ? Et qu'advient-il de toutes les bonnes résolutions prises ? Est-ce que cela n'a aucune importance ? Oh... que tout cela est ridicule. Il n'y a vraiment pas de quoi se mettre à chialer. Attends, il faut que je me mouche.

Elle se mouche, sèche ses yeux, regarde autour d'elle et rit de manière pitoyable et affectée.

— Il fait nuit à présent. Tu te rends compte, je n'ai pas arrêté de parler, un vrai moulin à paroles. Toute la journée, j'ai parlé de moi et tu m'as écoutée. Cela doit t'ennuyer. En quoi ma vie peut-elle bien t'intéresser. Ah, si j'étais comme toi.

Étonnée, Elisabet sourit. Alma toussote. Elle a beaucoup de mal à rassembler ses idées, de plus elle est terriblement fatiguée et énervée.

— Le soir où je suis allée au cinéma et que je t'ai vue dans ton film, je me suis regardée dans une glace et je me suis dit : On se ressemble beaucoup (elle rit). Non, comprends-moi bien. Tu es bien plus jolie que moi, mais d'une certaine manière, on se ressemble. Et je pourrais même me transformer, devenir toi. Si je m'en donnais la peine. Je veux dire... intérieurement. Tu ne crois pas ?

Alma réfléchit, embarrassée. Sa mine est maussade, son ton est désolé.

— Et pour toi, ce ne serait vraiment pas un exploit de te mettre dans ma peau. Tu ferais cela comme un rien. Bien sûr, ton âme déborderait de partout, car elle est bien trop grande pour être contenue en moi. Cela aurait l'air bizarre.

Alma pose sa lourde tête sur la table et ses bras qui s'allongent sur toute sa largeur. Elle ferme les yeux et bâille.

— Maintenant il faut que tu ailles te coucher,

sinon tu vas t'endormir sur la table, dit
Mme Vogler d'une voix claire et calme.

Alma ne réagit pas immédiatement mais elle
comprend, lentement, qu'Elisabet lui parle. Elle
se redresse et regarde fixement la mer sans pouvoir dire un mot.

— Oui, je vais aller me coucher tout de suite,
sinon je vais m'endormir à cette table. Et cela ne
serait pas très confortable.

15

Durant la nuit, il arrive quelque chose
d'étrange à Alma. Pendant les premières heures,
elle dort fort bien, mais ensuite elle se réveille du
fait d'une envie pressante. Le jour commence à
poindre et en bas, dans la crique, les oiseaux de
mer font du vacarme. À pas feutrés, elle descend
l'escalier, sort, tourne au coin de la maison et
s'enfonce dans les fourrés. Là, elle s'accroupit et
toujours plus endormie qu'éveillée, elle soulage
longuement et avec satisfaction son envie. Après
être rentrée dans sa chambre, elle grelotte quelques instants, ne se sent pas très bien mais le
sommeil s'empare à nouveau d'elle.

Elle est réveillée par le fait que quelqu'un se déplace dans la chambre. C'est une forme blanche qui se meut avec légèreté et sans bruit près de la porte. Tout d'abord, Alma a peur, mais elle s'aperçoit bientôt que c'est Elisabet qui est entrée chez elle. Pour une raison quelconque, Alma se garde bien de dire quoi que ce soit. Elle est couchée, immobile, les yeux mi-clos. Bientôt, Elisabet s'approche du lit, elle est vêtue d'une longue chemise de nuit blanche et d'une veste de laine tricotée. Elle se penche sur Alma. Elle effleure de ses lèvres les joues d'Alma. Ses longs cheveux tombent par-dessus son front et enveloppent les deux visages.

16

Le lendemain matin, elles relèvent ensemble des filets, c'est une occupation qu'elles aiment bien toutes les deux.

— Dis, Elisabet...

— ?

— Je voulais te demander une chose. Est-ce que tu m'as parlé hier soir ?

Elisabet sourit et secoue la tête en signe de dénégation.

— Est-ce que tu es venue chez moi cette nuit ?

Elle continue de sourire et secoue encore une fois la tête. Alma se penche à nouveau sur ses filets.

17

Sœur Alma conduit avec prudence la vieille voiture sur le chemin tortueux et cahoteux du bois. Elle a l'intention de se rendre au village et à la poste pour expédier quelques lettres. Une de ces lettres est écrite par Mme Vogler et adressée au docteur. Cette lettre est posée sur un tas d'autres sur le siège avant.

Alma s'aperçoit que cette lettre n'est pas cachetée. Elle engage la voiture dans un petit chemin de bifurcation et s'arrête. Elle prend ses lunettes dans son sac à main et ouvre la lettre.

LA LETTRE

Chère amie, c'est ainsi que je voudrais toujours vivre. Se taire, vivre à l'écart, réduire ses besoins, sentir comment son âme malmenée parvient enfin à retrouver son équilibre. Je commence à retrouver les sensations les plus élémentaires mais qui avaient été oubliées, je veux dire, par exemple, une faim de loup avant le dîner, une candide envie de dormir quand vient le soir, un sentiment de curiosité devant une grosse araignée, la volupté de marcher pieds nus. Je suis blanche et simple, comme si je flottais dans un assoupissement léger et doux. Je me sens une nouvelle santé, une gaieté barbare. Je suis entourée par la mer et je me sens bercée comme un fœtus dans le sein maternel. Non, pas de langueur, je ne m'ennuie pas non plus de mon petit garçon, mais bien sûr je sais qu'il a tout ce qu'il faut, qu'il est heureux et cela me rassure.

Notre chère Alma est vraiment une bonne compagnie. Elle est aux petits soins pour moi, elle me gâte que c'en est émouvant. Il y a en elle une sensualité robuste, bien terrestre, qui m'enchante. Elle se meut avec une décontraction naturelle qui est à la fois stimulante et reposante. Son corps bien bâti est naturellement pour quel-

que chose dans le sentiment de sécurité que
j'éprouve. Je pense qu'elle se plaît avec moi,
qu'elle s'est un peu attachée à moi et même
qu'elle est un peu amoureuse de moi, inconsciem-
ment et d'une manière charmante. En fait, il est
très amusant d'étudier son comportement. Elle
est assez sentencieuse, elle a énormément d'idées
arrêtées et en matière de morale et de façon de
vivre, elle serait franchement un peu traditiona-
liste. Je l'encourage à parler, c'est vraiment
riche d'enseignements. Parfois elle pleure sur ses
fautes passées (une sorte d'orgie improvisée en
compagnie d'un adolescent inconnu et fougueux,
l'avortement qui s'ensuivit). Elle se plaint également que ses idées sur la vie ne correspondent
pas à ses actes.

En tout cas, j'ai toute sa confiance et elle me
raconte des tas de choses sur elle-même. Comme
tu vois, j'enregistre tout ce qui me parvient et du
moment qu'elle ne s'aperçoit de rien cela n'a pas
d'importance...

Alma a lu lentement, d'une façon saccadée,
avec des pauses assez longues. Elle est descendue
de voiture, a fait quelques pas, s'est arrêtée sur
une pierre, s'est remise à marcher.

Cette trahison.

Elle rentre assez tard et allègue que la voiture
est tombée en panne et qu'elle a été obligée de
chercher un garage pour la faire réparer.

18

C'est un matin d'automne avec encore la chaleur de l'été, le temps est clair. Les pierres de la terrasse et le sable grossier de l'allée sont fortement éclairés. Alma se réveille de bonne heure, c'est son habitude (sa chambre est orientée à l'est). Elle se rend dans la cuisine et presse une orange, puis elle prend le verre dans la main droite et sort pieds nus dans la lumière scintillante. Elle s'assoit sur la dernière marche de l'escalier et finit lentement de boire son jus d'orange tandis qu'elle cligne des yeux en regardant la mer dont les reflets sont comme des éclairs. Elle pose le verre vide auprès d'elle mais elle le renverse au moment où elle cherche ses lunettes de soleil dans la poche de son peignoir de bain. Les éclats de verre se répandent sur les marches de l'escalier et dans le sable de l'allée.

Elle s'immobilise dans un geste de colère. Puis elle se relève en ronchonnant, va chercher une pelle à ordures et une brosse et commence à ramasser avec précaution les nombreux éclats de verre, elle fait cela avec soin et minutie. Elle s'accroupit, ramasse quelques éclats avec les doigts, regarde bien autour d'elle, il semble qu'il n'y a plus rien, elle vide la pelle dans le seau à ordures. Elle retourne à l'escalier, allume une cigarette, regarde au travers de ses lunettes de soleil les bestioles qui se déplacent sur le sable de l'allée.

Tout d'un coup, elle aperçoit un éclat de verre, assez grand et de forme irrégulière, qui scintille au milieu des graviers de l'allée de sable. C'est un petit morceau du pied du verre avec une pointe acérée qui se dresse en l'air. Elle fait un mouvement pour le ramasser mais elle retient sa main.

Elle entend Mme Vogler qui marche à l'intérieur de la maison. Après un instant de réflexion, elle va chercher un hebdomadaire, enfile ses sabots et déplie une chaise longue qu'elle installe sur la terrasse. La pointe de verre acérée se trouve à quelques mètres d'elle, sur sa droite. On l'aperçoit sur le côté du verre de lunette. Elle feuillette son hebdomadaire, celui-ci est tout gras d'huile solaire et il contient un supplément en couleurs.

Elisabet sort et descend l'escalier en portant un petit plateau avec sa tasse de café. Elle est en maillot de bain et a enfilé une veste courte par-dessus, elle a les jambes nues, ses pieds aussi sont nus. Elle pose son plateau sur une table de jardin et marche dans l'allée de sable, allant et venant, pour aller chercher une chaise longue, pour aller poser un râteau contre le mur.

Ses pieds se trouvent souvent à proximité de l'éclat de verre. Puis elle s'assoit avec son café et un livre. Tout devient calme. Alma se lève et entre dans la maison, elle va dans sa chambre passer son maillot de bain.

Au moment où elle ressort, Elisabet Vogler se trouve sur l'escalier, penchée sur son pied gauche de la plante duquel elle retire l'éclat de verre. Le sang jaillit de la plaie profonde.

Alma reste un instant immobile et regarde la scène ; sans broncher, son regard rencontre celui de Mme Vogler.

19

Un matin ensoleillé, froid. Elisabet Vogler se déplace dans la maison à la recherche d'Alma. Celle-ci est introuvable. Elle se dirige alors vers la plage. Là, personne. Elle remonte vers le garage. La voiture est là, devant la porte. On entend des craquements dans les arbres, comme des plaintes, l'ombre des nuages se déplace sur la mousse. Le vent vient du nord et on entend le grondement du ressac en bas dans la crique.

Lorsqu'elle revient à la terrasse, elle trouve Alma, le dos appuyé au mur, qui regarde au loin la mer. Elisabet se dirige vers elle. Alma tourne la tête, elle porte des lunettes de soleil.

— Tu as vu mes nouvelles lunettes de soleil. Je les ai achetées au village, hier.

Elisabet entre dans la maison et va chercher sa veste et son livre. Elle ressort. Lorsqu'elle passe devant Alma, elle lui caresse légèrement la joue. Alma la laisse faire, elle est toujours appuyée le dos au mur. Elisabet s'assoit dans une grande chaise en osier.

— Je vois que tu lis une pièce de théâtre. Je vais raconter cela au docteur. C'est un signe de santé.

Elisabet lève des yeux interrogateurs vers Alma. Puis elle se remet à lire.

— Nous pourrons peut-être partir bientôt d'ici. La ville commence à me manquer un peu. Pas à toi, Elisabet ?

Elisabet fait « non » de la tête.

— Voudrais-tu vraiment me faire plaisir ? Je

sais que c'est un sacrifice, mais en ce moment même j'ai besoin de ton aide.

Elisabet lève les yeux. Elle a perçu le ton de la voix d'Alma et pendant l'espace d'un instant, la peur se lit dans ses yeux.

— Cela n'a rien de dangereux ! Mais je voudrais que tu parles. Tu n'as pas besoin de dire quelque chose d'extraordinaire. Nous pouvons parler du temps, par exemple... ou bien de ce que nous mangerons au dîner... ou encore de savoir si l'eau sera froide après la tempête, trop froide pour que nous puissions nous baigner. Ne pourrions-nous pas parler quelques minutes... ou ne serait-ce qu'une seule minute. Ou encore que tu lises quelques lignes de ton livre... mais dis-moi seulement quelques mots.

Alma est toujours adossée au mur, la tête penchée en avant, les lunettes de soleil sur le nez.

— Ce n'est pas si facile de vivre avec quelqu'un qui ne dit pas un mot, je peux te le dire. Cela détruit tant de choses. Je ne peux plus supporter d'entendre la voix de Karl-Henrik au téléphone. Elle me paraît tellement fausse et contrefaite. Je ne peux plus parler avec lui. Cela finit par devenir anormal. Et puis on entend

aussi sa propre voix et aucune autre ! On se dit :
« Ce que cela sonne faux. C'est fou le nombre de
mots que j'utilise. » Tu vois, en ce moment, je
n'arrête pas de parler, mais j'en souffre, parce
que, de toute façon, je n'arrive quand même pas
à dire ce que je veux. Mais toi, tu as simplifié le
problème : tu te tais et c'est tout. Non, je vais
essayer de ne pas me mettre en colère. Toi, tu te
tais, et en fait cela ne regarde que toi. Mais à
présent, j'ai besoin que tu me parles. Chère Elisabet, ne peux-tu pas me dire quelque chose.
C'est presque insupportable.

Une longue pause. Elisabet secoue la tête.
Alma sourit. On dirait qu'elle sourit pour essayer
de ne pas pleurer.

— Je savais que tu allais refuser. Parce que tu
ne peux pas savoir ce que je ressens. J'ai toujours cru que les grands artistes avaient pour les
autres êtres humains un profond sentiment de
compassion, qu'ils créaient à l'aide de ce sentiment et en sentant le besoin d'aider. Ce que je
peux être bête !

Elle enlève ses lunettes de soleil et les fourre
dans sa poche. Elisabet reste assise, immobile et
anxieuse.

— Utiliser et jeter. Oui, tu t'es servie de moi, comment et pourquoi je ne le sais pas, et à présent tu n'as plus besoin de moi alors tu me jettes.

Alma est sur le point d'entrer dans la maison mais elle s'arrête sur le seuil et étouffe un cri de désespoir.

— Oh si... je me rends très bien compte que cela sonne faux : « Tu n'as plus besoin de moi, alors tu me jettes. » Voilà ce qui est arrivé. Chaque mot sonne faux. Et puis ces lunettes !

Elle sort les lunettes de sa poche et les jette sur la terrasse. Puis elle se laisse tomber sur les marches de pierre de l'escalier.

— Non, je suis blessée, c'est tout. Je suis folle de douleur et de désappointement. Tu m'as fait tellement mal. Tu t'es moquée de moi derrière mon dos. Tu es une satanée salope, de celles qu'on a envie d'assommer. Tu es vraiment cinglée. Tu sais, j'ai lu la lettre que tu as écrite au docteur, la lettre où tu te moques de moi. Tu sais, je l'ai fait, parce qu'elle n'était pas cachetée, et je l'ai là, je ne l'ai pas envoyée et crois-moi, je l'ai lue très attentivement. Tu es arrivée à me faire parler. Tu es arrivée à me faire raconter des choses que je n'avais jamais dites à personne.

Et toi, tu vas le raconter à d'autres. Quelle étude, hein ? Tu ne peux pas... tu ne peux pas...

Elle se précipite soudain vers Elisabet et prend celle-ci par les bras puis la secoue.

— À présent tu vas parler. Est-ce que tu as quelque chose à... À présent, nom de dieu, tu vas... tu vas me parler.

Avec une force étonnante, Elisabet se libère et du revers de la main, elle frappe Alma au visage. Le coup est si violent qu'Alma trébuche et manque de tomber. Mais elle retrouve son équilibre, se précipite de nouveau vers Elisabet et lui crache au visage. Elisabet la frappe de nouveau, cette fois-ci sur la bouche. Elle se met aussitôt à saigner. Alma regarde autour d'elle. Une bouteille thermos se trouve sur la table. Elle s'en saisit, enlève le bouchon et commence à jeter de l'eau bouillante en direction d'Elisabet.

— Non, arrête, crie Elisabet qui se recroqueville.

Alma s'arrête, sa colère tombe, elle reste immobile quelques instants et regarde Elisabet qui s'est baissée pour ramasser les morceaux de la thermos cassée. Alma saigne du nez et de la bouche. Elle passe sa main sur son visage, elle a une tête à faire peur.

— En tout cas, tu as eu peur, hein... Pas vrai ? Peut-être as-tu été naturelle pendant quelques secondes. Une vraie frousse, hein ! Tu t'es dit qu'Alma était devenue folle. Quelle sorte d'être humain es-tu en fait ? Ou bien tu t'es dit : cette tête-là, je m'en souviendrai, cette expression-là, ce ton-là aussi. Moi je vais te donner quelque chose que tu n'oublieras pas.

Elle lève la main et rapidement frappe le visage d'Elisabet. C'est alors que se passe quelque chose de très étonnant. La comédienne se met à rire.

— C'est cela ! Tu ris. Pour moi, ce n'est pas si simple. Ce n'est pas si drôle non plus. Toi au moins, tu as ton rire...

Elle entre dans la salle de bains et fait couler de l'eau sur sa bouche et sur son nez. Le sang finit par s'arrêter de couler. Elle se met un tampon de coton dans une narine. Elle remet un peu d'ordre dans ses cheveux, elle se sent morte de fatigue et n'arrête pas de bâiller.

Lorsqu'elle sort de la salle de bains, elle voit Elisabet assise par terre au milieu de la cuisine en train de boire une grande tasse de café. Elle la tend à Alma qui en boit avidement quelques gorgées. Puis les deux femmes se mettent à aller et venir dans la cuisine, s'occupant de choses et d'autres.

Alma arrête Elisabet en lui prenant le poignet.

— Faut-il qu'il en soit ainsi ? Est-ce important de ne pas mentir, de dire la vérité, d'être sincère, de parler juste ? Est-ce nécessaire ? Somme toute, peut-on vivre sans parler à tort et à travers ? Dire des inepties, se disculper, mentir, chercher des faux-fuyants. Je sais que tu te tais parce que tu en as assez de tous tes rôles, de tout ce que tu maîtrisais à la perfection. Mais n'est-ce pas mieux de se permettre d'être stupide, lâche, bavarde et hypocrite ? Ne crois-tu pas que l'on deviendrait un tout petit peu meilleure si l'on se permettait d'être ce que l'on est en fait.

Elisabet a un léger sourire ironique.

— Non, tu ne comprends même pas ce que je veux dire. Tu es de celles qui sont inaccessibles. Le docteur a dit que tu étais saine d'esprit. Je me demande si ta folie n'est pas la pire qui soit. Tu joues les saines d'esprit. Et tu le fais si habilement que tout le monde te croit. Tout le monde sauf moi. Parce que je sais à quel point tu es pourrie.

Alma sort de la cuisine et va sur la terrasse. Le soleil est à présent en plein sud et illumine ses yeux rougis par les pleurs. Elle fume une cigarette et grelotte en cet après-midi clair et froid.

— Qu'est-ce qui me prend, murmure-t-elle.

Elle regarde Elisabet qui, gardant son sang-froid, se dirige à grandes enjambées vers la plage. Elle jette sa cigarette et l'écrase du pied. Elle crie : « Elisabet, attends », puis elle court vers elle, la rattrape et se met à marcher à côté d'elle.

— Elisabet, pardonne-moi, si tu le peux ! Je me suis conduite comme une idiote. Je suis ici pour t'aider. Je ne comprends pas ce qui me prend. C'est toi qui me fais me comporter comme une idiote. Il faut que tu me pardonnes. Mais c'est à cause de cette fichue lettre. Pourtant, quand j'y pense, j'aurais pu en écrire une aussi épouvantable à ton sujet ! ! Mais j'étais tellement déçue. Et puis c'est toi qui m'as demandé de raconter ma vie. Alors, comme j'avais beaucoup bu et que tu étais si gentille, que tu avais l'air si gentille et si compréhensive, cela m'a fait du bien de raconter tout cela. Et puis aussi, j'étais un peu flattée qu'une grande comédienne comme toi s'intéresse à moi. J'espérais également que tu pourrais te servir de ce que je te racontais. Tu comprends que l'on peut être bizarre. Ce n'est ni plus ni moins que de l'exhibitionnisme. Mais en fait, cela n'en est pas, je peux te le dire. Elisabet, de toute façon, il faut que tu me pardonnes. Parce que je t'aime tellement et que tu signifies tellement pour moi. Tu m'as appris tant de choses et je ne voudrais pas qu'à présent notre amitié cesse, tu comprends.

Alma s'arrête, comme pour obliger Elisabet à s'arrêter elle-même, mais celle-ci, impassible, poursuit son chemin et disparaît parmi les rochers de la plage. À présent hors d'elle, Alma crie.

— Non, tu ne veux pas pardonner. Tu ne veux pas me pardonner. En plus, tu es orgueilleuse. Tu ne t'abaisses pas à cela parce que cela n'est pas nécessaire. Je ne… non, je ne le ferai pas.

Elle crie de colère, entend sa propre voix pleine de dépit qui se transforme en gémissement faible et douloureux. Elle s'assied sur une pierre, le vent froid transit son âme, elle se sent envahir par le poids de la mer.

20

Alma retourne à la maison.

C'est déjà le crépuscule, le soleil s'est enfoncé dans une brume épaisse et la mer s'est tue. Un brouillard froid envahit la côte. Au loin on entend mugir les sirènes de brume.

Elle porte en elle une sourde envie de vengeance et une anxiété impuissante, elle se sent épuisée, mal à l'aise, elle va se coucher sans manger.

Après quelques heures d'un sommeil lourd, elle se réveille en ayant l'impression d'être paralysée, un engourdissement qui lui envahit les poumons et se dirige vers le cœur. Le brouillard s'engouffre par la fenêtre ouverte et la chambre baigne dans un clair-obscur grisâtre.

De la main, elle parvient à atteindre la lampe de chevet, mais celle-ci ne s'allume pas.

Le petit poste à transistors émet des grincements et des gargouillements. Au loin, on entend une voix.

— ... en fait ne parle pas, n'écoute pas, ne peut pas comprendre... Quels moyens... employer pour amener à écouter. Pratiquement... exclu. Ces appels incessants...

La voix disparaît dans un bruit de parasites. Puis c'est le silence, à présent, on entend seulement, très très loin, les sirènes de brume.

Soudain, quelques appels. C'est une voix d'homme :

« Elisabet. » Alma parvient à se mettre debout, va fermer la fenêtre et se dirige dans le corridor vers la chambre d'Elisabet.

Là, c'est le même clair-obscur, gris, indéfini.

Dans son lit, Elisabet est allongée sur le dos. Son visage est pâle, ses yeux sont cernés, sa respiration est à peine perceptible. La bouche est entrouverte, comme la bouche d'une morte.

Alma se penche sur elle, touche son cou, son front, lui prend le pouls. Celui-ci est faible mais régulier.

Elle approche sa bouche si près du visage d'Elisabet que ses lèvres perçoivent l'haleine de la femme endormie. Elle touche avec précaution le menton de celle-ci et lui ferme la bouche.

— Lorsque tu dors, ton visage est avachi, ta bouche est boursouflée et laide. Tu as une ride de méchanceté qui barre ton front. Il n'y a pour ainsi dire plus rien de toi qui soit encore secret. En ce moment, tes yeux ne brillent pas, ton corps est une chair abandonnée et impuissante. Tu exhales une odeur de sommeil et de larmes, je peux voir battre ton pouls au mouvement de ton cou marqué par une petite cicatrice, suite d'une

opération, tu as l'habitude de la maquiller. Voilà
que de nouveau il appelle. Je vais voir ce qu'il
nous veut. Ici, si loin dans notre solitude...

Alma laisse Elisabet endormie et s'en va faire
le tour des pièces de la maison. Puis elle sort, se
dirige vers le jardin, derrière la maison.

Elle entend quelqu'un parler derrière elle,
alors elle se retourne, avec un sentiment de mauvaise conscience. Elle voit un homme d'une cin-
quantaine d'années, assez grand. Celui-ci sourit,
gêné.

— Pardonne-moi si je t'ai fait peur.
— Je ne suis pas Elisabet.

Alma aperçoit quelqu'un derrière l'homme.
C'est Mme Vogler qui la regarde avec un petit
sourire vaguement ironique.

— L'extrême limite de la souffrance... mes
lettres... Tous ces mots... je n'ai pourtant pas
d'exigences...

L'homme est toujours un peu gêné. Devant cet
exercice de mise à nu humiliante, Alma sent
l'angoisse monter en elle. Et pendant tout ce
temps, là-bas au milieu des ombres, elle perçoit le
sourire mystérieux de Mme Vogler. L'homme pose
sa main sur l'épaule d'Alma.

— Je n'ai pas voulu te déranger, ne crois-tu pas que je comprends. Et puis le docteur m'a tout expliqué. Le plus difficile, c'est de l'expliquer à ton petit garçon. Mais je fais de mon mieux. Il y a quelque chose qui est enfoui encore plus profond et qu'il est difficile de saisir.

Il jette vers elle un regard à la fois hésitant et fuyant. Sa bouche étroite se contracte. Il prend son courage à deux mains.

— On aime quelqu'un, ou plutôt on dit qu'on l'aime. C'est compréhensible, c'est vrai sur le plan des mots, n'est-ce pas.

— Monsieur Vogler, je ne suis pas votre femme.

— On est aimé en retour. On forme une petite communauté. Cela procure un sentiment de sécurité, on se rend compte qu'il est possible de tenir le coup, pas vrai ? Oh, comment vais-je pouvoir dire tout ce à quoi j'ai pensé, sans m'égarer, sans t'ennuyer ?

Pendant tout ce temps, Alma voit le visage de Mme Vogler, son sourire. Et puis elle s'entend parler avec une tendresse affectée.

— Je t'aime tout autant qu'avant.
— Je crois ce que tu dis.

Les yeux de l'homme s'emplissent de larmes, sa bouche est tout près de la bouche d'Alma.

— J'ai cru tant de choses, à chaque fois aussi passionnément, aussi naïvement. On cherche à se saisir, l'un l'autre, on essaie de comprendre, on tente de se livrer.

Mais Alma se protège en prenant un ton affecté :

— Ne sois pas anxieux, mon amour. Nous sommes là, l'un pour l'autre. Nous nous faisons confiance, chacun de nous connaît les pensées de l'autre, nous nous aimons. C'est bien cela. N'est-ce pas ?

Le visage de Mme Vogler est devenu grave, presque muet de douleur, mais M. Vogler poursuit :

— Nous nous comprenons l'un l'autre comme des enfants. Des enfants abandonnés, qui souffrent, des enfants seuls. Et ce qui est important c'est l'effort en lui-même, n'est-ce pas ? Et non pas ce à quoi nous parvenons.

Il se tait, sèche ses yeux d'un discret mouvement de main. Alma fait tout ce qu'elle peut. Sa voix est pesante, artificielle.

— Tu diras à notre petit garçon que sa maman reviendra bientôt, qu'elle a été malade et qu'elle s'ennuie de son petit bonhomme. N'oublie pas de lui acheter un jouet. Tu lui diras que c'est un cadeau de maman, n'oublie pas.

— Sais-tu que je ressens une grande tendresse pour toi, Elisabet. C'est presque difficile à supporter. Je ne sais plus que faire avec cette tendresse.

Alma répond d'une voix déchirante :

— C'est ta tendresse qui me fait vivre.

Derrière le dos de l'homme, Elisabet Vogler fait une grimace de dégoût. À présent il se penche sur Alma et l'embrasse sur la bouche, promène sa main sur ses seins et murmure des mots tendres et suppliants. Alma le laisse faire tout en fixant du regard les grands yeux de Mme Vogler.

Cependant, le calvaire n'est pas encore parvenu à son paroxysme.

— Est-ce que tu es bien avec moi… Est-ce que tu es heureuse…

— Tu es un amant merveilleux. Tu le sais, mon amour !

— Ma chérie, Elisabet, ma chérie.

C'est à ce moment qu'Alma ne peut plus supporter la situation, que tout se brise. Son visage est tout près du sien, son front est appuyé sur son oreille et elle lui chuchote :

— Donne-moi un calmant, détruis-moi, je ne peux pas... je n'en peux plus. Je ne veux pas que tu me touches, c'est une honte, tout cela est une ignominie, tout cela n'est que mensonge, falsification. Laisse-moi, je suis vénéneuse, pourrie, une charogne froide. Pourquoi n'ai-je pas le droit de m'éteindre, je n'ai pas le courage.

Tout ceci a été dit d'une voix relativement contrôlée. Derrière l'homme, M\ue Vogler se détourne dans une expression de dégoût. M. Vogler prend Alma dans ses bras et la tient serrée contre lui pour la consoler. Sa main effleure le front, lui touche l'épaule puis étreint son poing serré. Il n'arrête pas de murmurer d'une voix rauque et désespérée des mots dépourvus de sens, des mots qui ont perdu toute signification. Les yeux secs et brûlants, il regarde fixement la bouche étrangère.

M\ue Vogler tourne son visage vers les spectateurs qui se trouvent là, dans l'obscurité, elle parle d'une voix rude, presque rauque.

— C'est l'inflation des mots comme vide, solitude, étranger, douleur, détresse.

21

Alma est seule, son pouls bat de plus en plus
vite. Elle retourne vers la maison, entre dans une
pièce qu'elle n'a jamais vue, une sorte de
véranda fermée, faiblement éclairée par une
lampe à pétrole accrochée au plafond. Au milieu
de la pièce se trouve une grande table. À cette
table est assise Mme Vogler vêtue de l'uniforme
d'infirmière d'Alma.

Alma se dirige vers la table et s'assoit en face
d'Elisabet. Après un long silence, Alma se met à
parler.

— À présent, j'ai appris pas mal de choses.
— ... appris pas mal de choses, dit
Mme Vogler.

Alma pose sa main droite sur la table, et
tourne la paume vers le haut. Elisabet regarde
avec attention ce que fait Alma puis elle lève sa
main gauche, la pose sur la table après quoi elle
tourne la paume vers le haut.

Ceci se reproduit plusieurs fois dans une atmo-
sphère de tension qui monte. Alma en a bientôt
les larmes aux yeux mais se domine.

— Je verrai bien combien de temps je tiendrai
le coup, dit-elle à voix haute.

— ... je tiendrai le coup, répond Mme Vogler.

Avec ses ongles, Alma griffe son bras nu. Il en
résulte un mince filet de sang. Elisabet se penche
en avant et avec ses lèvres elle aspire le sang.
Alma passe sa main dans les cheveux d'Elisabet
et lui maintient la tête appuyée contre son bras.
Pour cela, elle est obligée de se pencher en travers de la table.

— Je ne serai jamais comme toi, chuchote-
t-elle rapidement. Je change tout le temps. Il n'y
a rien de défini, tout bouge, fais ce qui te plaît.
De toute façon, tu ne m'atteins pas.

Et lorsque Elisabet se dégage et rejette la tête
en arrière, Alma gonfle ses joues comme un
enfant qui souffle dans une baudruche laisse
échapper l'air entre ses lèvres avec un bruit res-
semblant à un faible crépitement. Elisabet secoue
la tête avec frayeur mais ensuite elle tire la
langue avec une expression de cruauté moqueuse.

Elles ne savent plus quoi inventer, alors elles
restent assises, là, l'une en face de l'autre et se
regardent avec des visages blasés et la moue sur
les lèvres.

C'est alors qu'Alma voit Elisabet se concentrer

dans un violent effort. Elle remue ses lèvres comme si elle parlait et lentement les mots sortent de son gosier. Mais ce n'est toujours pas sa voix, ce n'est pas non plus celle d'Alma, c'est une voix faible et anxieuse sans maintien ni clarté.

— Peut-être une sorte de vol, une incarnation désespérée. Ou l'autre chose, omniprésente, et puis tout cela s'amoncelle. Non, pas vers moi. Pourtant, ça devrait le faire, mais je suis bien là moi-même. Alors il n'y a plus qu'à pleurer ou à se griffer la jambe jusqu'au sang.

La voix devient de plus en plus faible. Elisabet vacille, comme si elle allait s'écrouler sur la table, sur le sol, mais Alma lui prend les mains et les tient fermement.

— Les couleurs, le jet rapide, le dégoût incompréhensible de la douleur et puis aussi tous les mots, je, moi, nous, non, comment cela s'appelle-t-il, qu'est-ce qui s'en rapproche le plus, où vais-je prendre appui ?

Alma lui maintient toujours les mains et la regarde dans les yeux. Elle n'arrête pas de trembler de froid, elle se sent grisâtre et ratatinée. La voix vieillotte, plaintive, continue, monte de ton, devient aiguë et désagréable.

— L'échec, qui n'a pas eu lieu quand il aurait dû, qui est arrivé à un autre moment, imprévu, sans crier gare. Non, non, à présent c'est une autre sorte de lumière qui coupe et déchire, personne ne peut se défendre.

Alma appuie sa poitrine sur la table. Mme Vogler interrompt son monologue criard et lève les yeux, elle voit le visage défait et ravagé d'Alma, ses épaules comprimées et frileuses ; elle fait un mouvement brusque pour se dégager, comme si elle était enchaînée à une morte, mais Alma la tient fermement par les poignets.

22

À cet endroit, l'appareil de projection devrait s'arrêter. On pourrait s'attendre à ce que la pellicule se déchire ou que le projectionniste tire le rideau, par erreur, ou encore à ce que se produise un court-circuit. Tout le cinéma serait alors plongé dans l'obscurité. Mais il n'en est pas ainsi. Je crois que les ombres continueraient leur jeu même si une interruption bien venue abrégeait notre malaise. Elles n'ont peut-être plus

besoin d'appareil de projection, de pellicule cinématographique ou de bande magnétique. À présent elles s'avancent vers nos sens, profondément, à travers notre rétine ou dans les plus
belles ramifications de l'oreille. Est-ce ainsi ? Ou
seulement je m'imagine que les ombres sont toujours puissantes, que leur fureur continue à exister sans l'aide des images, cette marche d'une
exactitude navrante, vingt-quatre images par
seconde, ces vingt-sept mètres par minute.

23

Alma voit qu'une photographie se trouve sous
la main droite de Mme Vogler. Alma retire cette
main. La photographie est déchirée en deux morceaux et représente le fils d'Elisabet qui a quatre
ans. Un visage d'enfant, doux, hésitant, un petit
corps fluet sur de longues jambes maigres.

Les deux femmes regardent la photographie
assez longtemps. C'est alors qu'Alma se met à
parler, lentement, cherchant ses mots.

— Rien ne peut être plus difficile, non ?
— (Elisabet secoue la tête.)
— Alors nous allons en parler ?

— (Elisabet acquiesce.)

— C'était un soir, au cours d'une fête. Il était tard et il y avait beaucoup de bruit. Sur le petit matin, quelqu'un de l'assemblée a dit : « En tant que femme et artiste, Elisabet Vogler possède presque tous les atouts. » Je demandai : « Que me manque-t-il ? » « Il vous manque la tendresse maternelle. » J'éclatai de rire étant donné que je trouvais cette allégation ridicule. Mais à quelque temps de là, je me rendis compte qu'il m'arrivait parfois de penser à ce qui avait été dit. Mon angoisse ne fit que croître, alors je me fis faire un enfant par mon mari. Je voulais être mère.

Une longue pause. La photographie déchirée est toujours sur la table. La flamme de la lampe à pétrole vacille et dans la pièce, les ombres se mettent en mouvement. Alma poursuit.

— C'est ainsi que la comédienne Elisabet Vogler devint enceinte. Lorsque je compris que c'était irréversible, je commençai à avoir peur. Pas vrai ?

— (Elisabet baisse la tête.)

— Peur des responsabilités, peur de me sentir liée, peur d'abandonner le théâtre, peur des douleurs, peur de mourir, peur de mon corps qui commençait à enfler. Mais pendant tout ce temps j'ai continué à jouer mon rôle...

— (Elisabet détourne son regard.)

— ... tout le temps ce rôle de future mère, jeune et heureuse. Et tout le monde de dire : « Qu'elle est belle dans son état, elle n'a jamais été aussi belle. »

— (Elisabet tente de dire quelque chose, mais elle ne peut pas.)

— ... pendant ce temps-là, tu as tenté plusieurs fois de te faire avorter par tes propres moyens. Mais tu n'y es pas parvenue. À la fin, tu es allée voir un médecin. Il estima que les délais étaient dépassés. Lorsque je me suis rendu compte qu'il n'y avait plus d'échappatoire, je suis tombée malade et j'ai commencé à haïr l'enfant en souhaitant qu'il vienne au monde mort-né.

— L'accouchement fut long et difficile, je souffris pendant plusieurs jours. À la fin, il fallut avoir recours aux fers. Elisabet Vogler regarda avec dégoût et horreur son enfant difforme et braillard. Lorsqu'on la laissa seule avec son nouveau-né, elle se mit à marmonner :

— Ne pourrais-tu pas mourir à présent, ne pourrais-tu pas mourir.

— ... je pensais aussi à ce qu'il faudrait faire pour que meure l'enfant, l'étouffer sous l'oreiller, dans une crise de folie, ou bien lui fracasser le crâne contre le radiateur. Mais il a survécu.

Elisabet Vogler pose sa tête sur ses mains, elle est secouée par de lourds sanglots. Alma est assise dans la même position et parle pour elle-même. La photographie de l'enfant au visage doux et indécis n'a pas été touchée.

— ... l'enfant survécut, comme par défi, et je fus obligée de donner le sein à cette vie tremblante et repoussante, mes seins me brûlaient et me faisaient mal car le lait ne voulait pas venir. J'eus des abcès, les tétins furent mis à vif et saignèrent, tout ceci fut pour moi un cauchemar humiliant. L'enfant était malade. Il n'arrêtait pas de hurler, jour et nuit, je le haïssais, j'avais peur, j'avais mauvaise conscience.

— À la fin, l'enfant fut pris en charge par une nurse-infirmière et des proches parents, Elisabet Vogler put alors quitter son lit de douleurs et retourner au théâtre.

La photographie : des yeux à demi fermés, soupçonneux, le cou maigre et tendu, l'une des épaules légèrement remontée, un air interrogateur, hésitant. Alma poursuit :

— ... mais les malheurs n'étaient pas à leur terme. Le petit garçon se mit à éprouver un amour violent et incompréhensible pour sa mère. Je me débats, je me débats désespérément car je sens bien que je ne peux pas lui rendre. Je le sens chaque jour. Cela fait si mal, si affreusement mal. Les affres du remords ne me quittent jamais. J'essaie, je fais ce que je peux. Ce ne sont que des rencontres maladroites et cruelles entre l'enfant et moi. Je ne peux pas, je ne peux pas, je suis froide et indifférente, et puis il me regarde, il m'aime, il est si doux et je veux le frapper car il ne me laisse pas en paix. Je le trouve répugnant avec sa bouche épaisse, son corps laid et ses yeux humides qui implorent. Je le trouve répugnant et j'ai peur.

Alma entend cette voix qui parle et parle par sa propre bouche. Elle s'arrête et tente d'éviter le regard d'Elisabet. Elle se met à parler très vite :

— Je ne ressens pas les choses comme toi, je ne pense pas comme toi, je ne suis pas toi, je suis seulement ici pour t'aider, je suis Alma, l'infirmière. Je ne suis pas Elisabet Vogler. C'est toi Elisabet Vogler. Je voudrais bien... j'aime... je n'ai pas...

Alma se retient, se voit elle-même un court instant. Voilà qui elle est, elle est à la fois elle-même et Elisabet. Elle ne peut plus faire la différence, et puis ça n'a aucune importance. Elisabet a un rire lourd et rapide.

— Essaie d'écouter, chuchote Alma. Je te le demande. Ne peux-tu pas écouter ce que je dis ? Essaie de répondre à présent.

Elisabet lève son visage qui était appuyé sur ses mains. C'est un visage nu, ruisselant de sueur. Elle fait lentement un signe de la tête.
— Rien, rien, non, rien.
— Rien.

Elisabet baisse à nouveau la tête. Alma lâche les mains d'Elisabet qui continue à s'affaisser. Alma passe sa main sur ses lèvres desséchées.
Puis c'est l'obscurité.

24

Le docteur est assis à son bureau, elle a le triomphe modeste. Elle se tourne directement vers les spectateurs.

— Au début du mois de décembre, Elisabet Vogler retourna chez elle et revint au théâtre. Dans les deux cas, elle fut accueillie très chaleureusement.
J'ai toujours été convaincue qu'elle revien-

drait. Le silence était un rôle comme les autres.
Au bout d'un certain temps, elle n'en eut plus
besoin, alors elle l'abandonna. Il est naturellement difficile d'analyser les motivations profondes, surtout chez un personnage aussi
complexe, spirituellement, que Mme Vogler. Mais
je parierais fort bien qu'il s'agit là d'un infanti-
lisme fortement développé. Et naturellement
aussi des tas d'autres choses : la fantaisie, la
sensibilité, et peut-être même une réelle intelligence (elle rit). Personnellement, je crois qu'il
faut être véritablement infantile pour pouvoir
être artiste à une époque comme la nôtre.

Le docteur est très satisfait de ce qu'elle vient
de dire, en particulier la dernière phrase.

25

C'est un crépuscule gris avec la neige qui
tombe en silence. La mer est sombre et agitée.

Alma se meut avec une grande sérénité.

Un jour, un bonhomme arrive avec une scie
mécanique et une hache. Le silence est détruit
par des mugissements furieux lorsqu'il entaille
les troncs des arbres. Alma l'invite à se restaurer
et à boire le café. Ils échangent quelques paroles

aimables et banales. Alma a beaucoup à faire, à la fois sur le plan intellectuel et sur le plan manuel. Elle dit pour elle-même :

— Je suis là, jour après jour, dans la solitude, et j'essaie de formuler une lettre. Je sais que cette lettre ne sera jamais écrite : hier, j'ai fait le ménage sur ton bureau. J'y ai trouvé une photographie. Elle représentait un petit garçon âgé d'environ sept ans. Il porte des culottes courtes, des chaussettes à mi-jambes, une casquette et un joli petit paletot. Son visage est blême d'épouvante et il a de grands yeux noirs écarquillés. Il lève les bras en l'air. Derrière lui, on aperçoit d'un côté des hommes et des femmes avec de gros baluchons, ils regardent fixement sans rien dire en direction du photographe. De l'autre côté, il y a quelques soldats casqués et bottés. Celui qui se trouve le plus près du jeune garçon tient son arme le doigt sur la détente, prêt à tirer, l'arme est pointée vers le dos du garçon. Dans le caniveau, les feuilles d'automne se sont amassées.

Alma se déplace dans les pièces de la maison, les meubles sont recouverts de housses, les tapis sont roulés. Elle s'arrête près de l'une des grandes fenêtres, elle regarde le bonhomme et son cheval en bas sur la terrasse. La neige tombe en gros flocons humides.

— En fait, j'aime terriblement les êtres humains. Surtout quand ils sont malades et que je peux les aider. Je vais me marier et j'aurai des enfants. Je crois que c'est tout ce qui m'arrivera dans ce monde.

La petite conversation d'Alma est interrompue. C'est le visage de Mme Vogler qui remplit l'écran tout entier. Un visage qui hurle, déformé par l'effroi, les yeux immenses sont écarquillés, des gouttes de sueur remontent à la surface du maquillage de scène. L'image blanchit, grisonne, le visage s'estompe. C'est le visage d'Alma qui apparaît, se met en mouvement et adopte des contours étranges. Les mots deviennent vides de sens, ils courent, sautent et à la fin disparaissent complètement.

L'écran blanc scintille, muet. Puis c'est l'obscurité, des lettres passent sur l'écran, c'est l'amorce du film qui passe devant la fenêtre de l'appareil de projection.

L'appareil de projection s'arrête, la lampe à arc s'éteint, l'amplificateur est mis hors tension. Le film est retiré de l'appareil et remis dans sa boîte brune.

Ornö, le 17 juin 1965.

Le lien

Il est difficile d'écrire un manuscrit de film, mais je me demande s'il n'est pas tout aussi difficile de le lire. Les mots ne pourront jamais exprimer ce que le film achevé veut transmettre. Parfois il y en a trop, et, en tas désordonnés, ils recouvrent l'expérience spontanée. Parfois il y en a trop peu, et ils embarrassent le lecteur de la manière la plus odieuse. Quoi qu'on fasse, le manuscrit est toujours un produit à demi achevé, un reflet pâle et incertain.

C'est exactement le cas pour un film comme *Le lien*. Si j'avais la moindre prétention de pouvoir rendre par l'intégralité des mots ce qui se passe dans mon film tel que je l'imagine, je serais obligé d'écrire un livre énorme de peu d'intérêt littéraire et d'un très grand ennui. Je n'ai ni le talent ni la patience pour ce genre d'exercices héroïques. En outre, un tel procédé tuerait à coup sûr toute la joie de la création, pour moi et pour les acteurs.

C'est pourquoi j'offre au lecteur un texte très sommaire, un cryptogramme, qui, dans le meilleur des cas, touchera l'imagination et la réflexion de chacun.

Du film terminé, je ne puis rien dire d'autre pour le moment que ceci : les couleurs en sont chaudes. Les tons sont très clairs : quelque chose d'intime, de tendre et d'un peu mélancolique.

De plus amples explications seraient absurdes. Les films sont comme les gens. On aime, on n'aime pas, on est indifférent.

Dans ce cas précis je veux, j'espère, je souhaiterais, qu'on aime.

Ingmar Bergman.

1

La vieille façade de brique de l'hôpital sous les arbres d'automne. Le service est au deuxième étage. Dans une petite salle d'attente sur un palier, on aperçoit une très vieille femme, vêtue d'un habit de diaconesse. Elle se tient près de la fenêtre, le soleil brille dans ses yeux, ses mains sont croisées sous sa poitrine. Karin s'arrête un moment, la vieille femme ne fait pas attention à elle.

Les longs couloirs sombres du service, avec des portes de chaque côté. Les lampes sont déjà allumées — c'est un après-midi d'automne. Les infirmières courent d'une chambre à l'autre avec les plateaux du dîner.

Karin aperçoit tout de suite le docteur en chef qui vient vers elle, les mains tendues : Votre mère est morte il y a quinze minutes environ, tout s'est passé très calmement, il n'y a pas eu vraiment d'agonie.

Karin demande si elle peut entrer dans la chambre et l'infirmière lui ouvre la première porte qu'elle laisse se refermer sans bruit derrière elle. La porte intérieure est entrouverte et Karin peut voir la partie inférieure du lit, et le grand arbre noir, au-dehors, de l'autre côté de la fenêtre.

Elle entre doucement.

Quand elle voit la femme morte, ses yeux s'emplissent de larmes et elle murmure la pauvre, la pauvre, la pauvre.

La morte repose, la tête tournée de côté, la bouche un peu ouverte et on aperçoit les dents derrière les lèvres jaunes. Les épais cheveux gris sont rejetés en arrière, le front large et bas est sillonné des profondes griffures de la souffrance. Mais le visage lui-même ne reflète aucune trace de douleur, plutôt un sourire mystérieux : les rides du rire très accentuées près des yeux, les coins de la bouche étirés vers le haut.

Les mains reposent sur la couverture, des mains courtes, larges, aux bouts de doigts aplatis, et aux ongles courts. Sur l'index, il y a un petit morceau de sparadrap.

Karin s'assied sur la chaise des visiteurs. La fenêtre est légèrement entrouverte et on entend la rumeur lointaine de la ville. Une ou deux fois, elle met sa main devant ses yeux, une ou deux fois les pleurs montent mais ne coulent pas.

Tout est calme excepté la petite montre qui continue son tic-tac acharné sur la table de nuit.

Enfin Karin va vers le lit, se penche sur le visage de sa mère et l'embrasse sur la joue. Puis elle reste là, debout, immobile, très longtemps et la regarde, elle a l'impression que la paupière de la morte se contracte, que la poitrine se soulève pour respirer, mais c'est une illusion — le jeu mystérieux de la mort avec l'esprit des vivants.

L'infirmière du service l'attend dans le couloir. Karin la remercie pour tout ce qu'elle a fait. L'infirmière demande ce qu'il faut faire avec les effets personnels. Karin dit qu'on viendra les chercher demain. Mais les anneaux de mariage, voulez-vous les emporter tout de suite ? Avant que Karin ait eu le temps de répondre, l'infirmière a été les chercher. Je vous en prie. Ils sont maintenant dans la main de Karin. Deux gros anneaux d'or, portés pendant cinquante ans. À l'intérieur de l'un, on peut lire Henrik et une date, à l'intérieur de l'autre seulement Henrik. Ils sont usés, abondamment rayés.

Karin remercie sans trop savoir ce qu'elle dit. Le vestiaire est sombre, et un peu sur le côté, juste à l'extérieur des portes vitrées du service. Elle est là, à présent, le visage tourné vers l'obscurité protectrice, elle pleure sur elle-même et sur cette perte incompréhensible.

Quelqu'un s'arrête et fait demi-tour. Reste là,

discrètement, un moment, à deux mètres de distance, demande enfin : Can I do something for you ?

Karin tourne son visage couvert de larmes vers le visiteur : Please, leave me alone. L'homme reste encore un instant, un peu étonné et extrêmement gêné, il murmure une excuse. Karin lui tourne le dos, se mouche. Quand elle relève la tête, il est parti.

Un moment plus tard, arrivent ses frères et sœurs et le reste de la famille.

2

Le jardin est notre fierté, dit Karin à David dans son meilleur anglais. Nous sommes tous les deux aussi amoureux des fleurs, des arbres et des buissons, ajoute Andreas en mettant son bras sur l'épaule de sa femme. Ils se promènent ensemble dans la splendeur de l'automne, c'est un doux après-midi de dimanche qui sent encore bon l'été.

Nous travaillons dans le jardin chaque fois que nous le pouvons. Il faut que tu viennes un printemps ou au début de l'été. C'est vraiment beau, je t'assure. L'hiver nous rêvons à ce que nous allons planter et transformer. Notre fille aînée aime bien nous aider aussi. Elle a son coin à elle, là-bas, dont elle s'occupe absolument toute seule.

Le téléphone sonne à l'intérieur de la villa, et leur fille Agnès, dont ils viennent de parler, quatorze ans, dit à son père qu'on le demande. Andreas demande qu'on l'excuse et laisse Karin avec leur hôte.

D'abord, ils ne disent rien, puis Karin demande en souriant à David s'il s'intéresse réellement aux jardins, aux fleurs et aux arbres. Il répond joyeusement que cela ne l'intéresse absolument pas. Tous deux éclatent de rire. Je pense à mon rôti, dit Karin. Veux-tu m'excuser un instant. Elle disparaît derrière la maison.

David regarde autour de lui. La villa est spacieuse et un peu vieillotte, pas spécialement belle. Le jardin l'entoure de tous côtés, deux grands érables poussent près de la maison. De la pelouse des voisins, viennent des rires, des appels, deux petites filles jouent au badminton, sans grande énergie. Une fenêtre s'ouvre au premier étage de la maison et un garçon de dix ans se suspend dangereusement par un bras et lâche un avion, un prototype, qui hésite à flotter dans le vent trop faible. Hej, dit David en suédois. Hej, dit le garçon. L'avion atterrit sur un arbre et le garçon disparaît de la fenêtre.

Karin revient. Agnès est vraiment gentille, dit-

elle, dans son anglais réfléchi et un peu méti-
culeux. C'est elle qui fait tout le dîner. Elle se
fâche contre moi si je viens surveiller. Elle trouve
que tu es intéressant, ajoute-t-elle en riant. Elle
trouve que tu ressembles à une vedette de
cinéma. Anders, n'oublie pas de te laver et de
changer de chemise pour le dîner, dit-elle sans
transition à son fils. Charrie pas, répond Anders.

Je sens que vous vous plaisez ici, toi et
Andreas, dit David poliment, plutôt pour dire
quelque chose.

Andreas a hérité cette maison de ses parents,
dit Karin. Nous ne pourrions pas habiter en ville
ou près de l'hôpital. Andreas a besoin de cette
coupure, il travaille beaucoup trop.

Le mariage est heureux ? demande David avec
une très légère ironie. Karin le regarde et sourit.
Le mariage est exceptionnellement heureux, dit-
elle. Nous sommes mariés depuis seize ans.

Alors tout est parfait, dit David en riant.
Karin s'arrête, devient grave, réfléchit. C'est terriblement difficile de parler de ces choses-là, dit-
elle au bout d'un moment. Surtout lorsqu'il faut
parler une langue étrangère.

Je ne veux pas être indiscret, dit David. Karin
le regarde avec étonnement. Soudain, il aban-
donne toute résistance : Pardonnez-moi, dit-il
tout bas.

La conversation tourne court, mais cela n'a pas d'importance. Veux-tu boire quelque chose, demande Karin brusquement. J'attendais ça depuis un moment, répond David. Ils rient tous les deux.

Andreas apparaît au haut de l'escalier. Un drink ? dit-il. Nous le prenons dehors, n'est-ce pas ? Un instant, j'arrive. Whisky, ça va ? Ils s'asseyent dans les sièges de jardin. On aperçoit Andreas dans le salon, occupé à préparer les boissons.

Je repense à notre première rencontre, dit David, sans transition. À l'hôpital ? Oui, c'est ça. Tu étais dans le vestiaire et tu pleurais. Ce n'est peut-être pas très convenable de raconter cela, mais je suis tombé amoureux de toi. Je ne voulais absolument pas que tu le saches. Mais puisque le hasard ou je ne sais quoi a fait que nous sommes devenus amis, je ne peux m'empêcher de t'en parler. Je suis amoureux de toi, Karin. Je n'ai nullement l'intention de t'inquiéter ou de t'attrister avec cet aveu. Mais je suis amoureux de toi et je veux que tu le saches.

Le dîner.

Non merci, c'était délicieusement bon, mais je n'ai plus faim. Je dois reconnaître qu'Agnès est passée maître dans l'art de cuisiner. Oui, ils l'ont découverte par hasard. Ils sont en train de restaurer une église, à quelques kilomètres d'ici, près de la nécropole où je travaille. La vieille église moyenâgeuse de Hammar, si vous la connaissez. Bien. Ils étaient en train de percer un mur. Après avoir creusé cinquante centimètres environ, ils ont découvert une anfractuosité. Ils ont commencé à démolir le mur avec la plus grande prudence. Oui, merci. Je prendrai bien du café. Qu'est-ce que je disais ? Oui, brusquement, on a vu apparaître quelque chose, là, dans l'ombre. C'était un visage de femme — une sculpture en bois, bien conservée, représentant la Sainte Vierge. Non, ils ne l'ont pas encore sortie. Ça prend beaucoup de temps. On avance terriblement lentement, pour ne rien casser, il peut y avoir d'autres objets dans l'anfractuosité. Autant que nous pouvons en juger, cette sculpture est très exceptionnelle. Mais le plus étrange est : comment est-elle parvenue dans votre pays ? Comment a-t-elle échoué dans cette église romane perdue ? Et la dernière question, mais la plus importante : pourquoi l'a-t-on emmurée ? Merci, volontiers un whisky. Non merci, pas de glace. Pour l'instant, on peut seulement apercevoir son visage et un peu du haut de son corps derrière le mur de pierre.

Plus tard, le même soir.
Andreas a filmé quelques-unes de ses fleurs. À

présent, il montre ses films et les commente. David écoute en souriant poliment et assure qu'il est le plus passionné des spectateurs de films amateurs du monde entier. Intercalées parmi les images d'arbres et de fleurs, il y a des photos des enfants, de Karin, de brefs instants on aperçoit la mère — toujours l'été, la mer, le soleil. De temps en temps, Karin déclare que cela ne peut pas intéresser David. Andreas dit que juste à la fin de ce film « je croyais qu'il y avait des photos fantastiques d'une orchidée qu'il avait découverte absolument par hasard. Oui. La voilà. Regarde-la, regarde. Regarde ses couleurs, regarde ».

Karin vérifie si David regarde : son visage est tourné vers l'écran, mais son regard est ailleurs. Il a beaucoup bu pendant la soirée, et il y a un peu de sueur sur son front. Son corps est affaissé et tout son être exprime la fatigue et le dégoût. Soudain il tourne son visage vers Karin et la regarde. Elle rencontre son regard et sourit de façon un peu conventionnelle.

Tu n'as pas de photos de ta femme toute nue ? dit David brusquement. Je voudrais tant voir à quoi ressemble Karin toute nue.

Andreas rit gentiment et dit que David devra se contenter des orchidées.

L'invité s'en va, relativement tôt. Andreas lui propose de le raccompagner, mais il refuse en riant et dit qu'ils n'ont pas besoin de s'inquiéter. Il n'y aura pas de scandale. Il embrasse chaleureusement Andreas et ils se tapent dans le dos. Puis il prend Karin dans ses bras et lui donne un baiser maladroit.

C'est la nuit.

Andreas et Karin vont et viennent dans la maison, éteignent les lumières, ferment les portes, mettent le chien dehors, vont voir Agnès qui est couchée, en train de lire dans son lit. Anders dort déjà dans sa petite chambre derrière la cuisine. Bonsoir Agnès, merci pour ton aide.

Il n'était pas très sympathique, ce David, dit Agnès. Ah non ? dit Karin étonnée. Non, il n'était pas sympathique, répète Agnès. Et pourquoi donc ? demande Karin, en cherchant quelque chose dans la commode d'Agnès. Où as-tu mis ce soutien-gorge que tu m'avais demandé de changer ? Dans l'autre tiroir, maman, dit Agnès irritée. Karin trouve ce qu'elle cherchait et dit encore une fois bonsoir à sa fille. Elle ne sut jamais ce qui clochait avec David.

Les deux époux vont dans leur chambre à coucher. Ils vont et viennent de la chambre à la salle de bains, en continuant de bavarder calmement. À quelle heure dois-tu être à l'hôpital demain ? À sept heures, j'ai une opération à sept heures et demie. Que penses-tu de David ? Je trouve que c'est un gars terriblement sympathique. N'a-t-il pas bu un peu trop ? Tu crois ? je ne m'en suis pas rendu compte. Andreas a l'air réellement étonné. Tu sais, ces étrangers !

Comment vous êtes-vous rencontrés, David et toi, demande Karin brusquement. Andreas hésite un instant : il avait une crise de colique néphrétique et Jacobi, du Musée, m'a téléphoné pour me demander de m'occuper de lui. Voilà.

Ils vont au lit presque en même temps. Andreas dit que : merde, il avait projeté de faire l'amour à Karin mais maintenant il a horriblement sommeil. Karin rit et dit qu'elle aussi est très fatiguée. Je n'ai même pas la force de lire ce soir, dit Andreas avec un grand bâillement. Moi non plus, dit Karin gagnée par l'énorme bâillement. Alors dormons, dit Andreas, et il éteint la lumière. Où est ta main ? Voici ma main ! C'est bon de tenir ta main.

Silence, mi-sommeil. As-tu pris ta pilule, grommelle Andreas. Je laisse tomber ce soir, non ? Il n'y a pas de danger ? Danger ? dit Andreas, en riant légèrement.

3

Un jour d'automne calme, nuageux. L'humble église est située sur un plateau qui domine le pays. À côté, se dresse une vieille tour de pierre. Ici et là, des échafaudages, mais c'est samedi, on ne voit aucun travailleur.

On sent encore la chaleur de l'été dans la froide église où règne une odeur de bois pourri et de calme anéantissement. À gauche de l'autel, près de l'entrée de la sacristie, on aperçoit le trou dans le mur. Un peu au-dessus, court une frise de peinture moyenâgeuse, à demi effacée, représentant la vie du Christ et le calvaire qui va de l'Annonciation à la Crucifixion. Sur le tabernacle est évoquée de manière rustique l'histoire de la Nativité.

Karin, viens voir, dit David. Il a enlevé un morceau de la toile de sac qui cache en partie le trou dans le mur. Monte sur cette caisse et penche-toi. Il allume une lampe de poche et dirige la lumière à l'intérieur de l'obscurité mystérieuse. Tu la vois ?

À l'intérieur, faiblement éclairée par le jour et par la lampe de poche, la madone offre son visage à Karin et la regarde avec un léger sourire.

C'est une femme terrienne, sans auréole autour de la tête, les formes de son corps sont rondes et voluptueuses, les mains qui tiennent l'enfant nu, indocile, sont de larges mains de travailleuse. Sous les vêtements joliment sculptés son torse et sa poitrine sont gonflés, elle se penche légèrement en avant, comme pour empêcher l'enfant de descendre de ses genoux. Mais son regard est dirigé vers le spectateur, comme vers un invité qui serait arrivé soudain, et le sourire est confiant, sans angoisse.

Sur le chemin de l'église, il fait une douceur d'été. Ils s'asseyent sur une large planche, et leur regard s'étend sur la campagne et la mer.

Ils baignent dans un calme total.

Donne-moi ta main, dit David. Elle hésite un peu, enlève son gant, lui tend la main. Il la garde entre ses deux mains, la pose contre sa joue, puis en embrasse la paume. Elle la retire violemment et se lève. Non, dit-elle. Non, pas comme ça.

Que veux-tu de moi exactement ? D'abord, il n'a pas envie de répondre. Je ne sais pas, dit-il enfin. Je veux t'avoir. Pourquoi ? demande-t-elle. Mais je suis amoureux de toi. Cela ne suffit pas ? Elle secoue la tête : j'ai été mariée seize ans. Je n'ai jamais trompé Andreas. Jamais. Je ne veux pas commencer à mentir maintenant et me mettre à vivre une double vie. Tu penses peut-être que je suis ridicule, mais je ne suis pas sûre

que cela vaille d'aussi grands sacrifices. Tu
comprends ce que je veux dire ? C'est dur
d'expliquer tout cela dans une langue étrangère.
Excuse-moi. Je ne peux rien expliquer.

Il se penche pour l'embrasser. Mais elle
s'écarte. Non, dit-elle. Non. Si tu m'embrasses —
alors, alors — je ne sais pas, je ne sais pas. Elle
continue de sourire, mais elle est très troublée.

Puis elle déclare soudain, très froidement,
qu'elle doit se dépêcher de rentrer.

Ils s'arrêtent juste devant le portail du jardin
et il demande quand ils se reverront. Elle répond
immédiatement : demain c'est dimanche, et je ne
peux pas. Et lundi, nous avons le grand nettoyage d'automne, il y a deux dames qui viennent
faire le ménage et je ne peux absolument pas les
laisser, mais mardi, on pourra se voir. Où nous
verrons-nous, dit David avec impatience. J'irai
chez toi à deux heures et demie, dit-elle d'une
voix pratique. Puis elle l'embrasse légèrement
sur la joue et se met en sécurité de l'autre côté de
la barrière.

Elle enlève son manteau et le suspend dans
l'entrée, se regarde dans la glace, examine son
visage dans la glace, se voit elle-même dans la
glace, entend Andreas parler au téléphone dans
son bureau, se dépêche d'aller le voir, s'assied
sur sa chaise de bureau, lui est debout près de la
table et parle avec un collègue : il vaut mieux la

faire entrer tout de suite, je vais téléphoner à l'hôpital, on se voit demain, on pourrait déjeuner ensemble, tu viens me chercher dans mon bureau, d'accord ? J'y serai à partir de douze heures trente. Elle pivote un peu sur sa chaise et regarde son mari avec curiosité. Il lui sourit et serre les lèvres de façon comique. Et la conversation téléphonique s'achève.

Vous avez fait une bonne promenade ? C'était très intéressant, dit Karin. Pourquoi n'as-tu pas invité David à dîner ? Je lui ai demandé mais il a refusé.

Andreas appelle l'hôpital : Bonjour, c'est le chef. Pourrais-je parler à sœur Gunhild au service numéro trois ? Merci. J'attends.

Karin se lève et va vers la porte. Je descends et je libère Agnès de la cuisine, elle doit sortir avec des copines, ce soir. Il faut qu'elle soit rentrée au plus tard à deux heures, décrète le père. Nous en reparlerons, répond Karin en s'esquivant.

Ah bon, veuillez dire à sœur Gunhild de m'appeler dès qu'elle est libre. C'est bien. Merci.

Oui, j'aurais voulu te parler de quelque chose, dit Karin, près de la porte. Ça a l'air passionnant, dit Andreas. Ses yeux clignent derrière ses épaisses lunettes et il sourit, étonné. Mais Karin se reprend. Et dit à la place : je ne crois pas au fond que j'ai envie d'une bonne à la maison. C'est beaucoup mieux de s'occuper de tout soi-même. On évite tellement de contrariétés.

C'était ça que tu voulais me dire ? demande
Andreas. Hein ? Il me semblait que tu avais
commencé avec tant de sérieux, que je m'attendais à quelque chose d'important.

4

Elle est très nerveuse, mais assez joyeuse, elle
s'est barricadée dans de solides pantalons et un
gros pull. Ses cheveux sont sagement relevés et
elle a ses lunettes sur son nez — il faut que je
mette des lunettes quand je conduis, explique-
t-elle.

Elle enlève son manteau et examine le triste
petit appartement loué. J'ai eu du mal à trouver,
cette partie ancienne de la ville est toute en sens
unique, et c'est le mauvais sens quand on vient
de chez nous. J'ai failli ne jamais trouver. Pardon d'être en retard.

David a acheté du sherry et sorti des verres. Il
a aussi acheté quelques fleurs, qui se fanent déjà.
Pauvres fleurs, dit Karin. Je vais couper un peu
les tiges, elles vont peut-être reprendre. Elle va
s'en occuper dans la petite cuisine. Comment
as-tu trouvé cet appartement ? Un collègue, dit
David. Il essaye de parler distinctement. C'est un

appartement terriblement triste, tu ne trouves pas ? Je n'y ai pas pensé, dit David en s'excusant. En tout cas, c'est mieux que d'habiter à l'hôtel. Bon, *maintenant*, c'est mieux, dit Karin en lui souriant.

Les fleurs, bien arrangées, sont sur la table. Veux-tu un peu de sherry, demande David. J'aimerais bien une tasse de thé, dit Karin, et elle va jeter un coup d'œil dans l'armoire de la cuisine. As-tu du thé ? je crains que le thé ne soit fini. Si tu veux, je file en acheter. Non, non, nous boirons ton sherry. Il ouvre la bouteille avec difficulté et, au moment de servir, sa main tremble violemment et il renverse du sherry sur la table. Es-tu nerveux, David, demande Karin en souriant. Oui, j'ai six cent quatre-vingt-dix pulsions à la minute, dit-il. Et *toi*, n'es-tu pas nerveuse ? Je suis presque inconsciente, dit Karin, et elle rit.

Ils trinquent en silence. Pardon d'avoir mis cet affreux pull-over et ces vieux pantalons, en vérité je voulais m'habiller bien pour ma première visite chez toi, mais tout d'un coup il a fait si froid.

David sourit poliment et dit qu'il lui a même semblé voir un peu de neige mêlée à la pluie. Je déteste le froid, dit Karin soucieuse. Le climat est pénible ici sur la côte. Le printemps vient très tard. Oui, mais il a fait un automne exceptionnel-

lement beau, dit David, et il verse du sherry.
Merci, pas pour moi, dit Karin en l'arrêtant. J'ai
déjà la tête qui tourne. De quoi allons-nous parler maintenant ? Ils rient tous les deux.
Qu'allons-nous faire maintenant ? Je pense que
nous allons nous déshabiller et nous coucher et
voir ce qui va se passer. Qu'en penses-tu ? dit
Karin. Mais nous tirons les rideaux, non ? je suis
très timide. Moi aussi, dit David.

Quand David sort de la salle de bains, vêtu de
sa vieille robe de chambre usée, Karin est nue
dans la pénombre de la chambre et se regarde
dans une vieille glace qui pend sans raison dans
un coin. Elle se tourne vers lui avec un bref
sourire et quand il veut l'enlacer, elle le repousse
doucement. Attends, dit-elle, attends un peu. Il
faut que tu me regardes d'abord. Il s'assied sur
le bord du lit et elle se tient devant lui.

J'ai trente-quatre ans, dit-elle en souriant. Tu
peux le voir à mon visage, surtout autour des
yeux. J'ai mis au monde deux enfants que j'ai
allaités. Mes seins étaient plus beaux avant. Puis
j'ai une cicatrice ici, sur le ventre — après mon
deuxième enfant. Anders était gros, tu
comprends. Je ne suis pas une maîtresse extraordinaire. Andreas et moi, nous avons toujours
été heureux au lit, il n'y a jamais eu de problème,
même si ça n'a pas toujours été très passionné.
J'ai les jambes courtes, un assez gros derrière, ça

m'ennuyait assez quand j'étais jeune fille. Je ne veux pas que tu te *sentes obligé* de me satisfaire en quoi que ce soit, si tu comprends ce que je veux dire. Sinon, je serai anxieuse et perdue. Je ne sais absolument pas pourquoi je suis venue vers toi. Je ne sais même pas si je suis amoureuse de toi. Je dois être un peu éprise, et puis je suis très excitée par le fait que tu me dis être amoureux de moi, et parce que tu veux me posséder.

Pardon de parler autant. Ce n'est sûrement pas la bonne façon de commencer une liaison, mais je ne me suis jamais trouvée dans cette situation. Je n'ai eu que deux hommes avant toi, et le premier, je ne m'en souviens même pas, donc, en fait, il n'y a qu'Andreas qui compte. Il est clair que le fait de le tromper me tourmente en ce moment. Mais il n'aura jamais besoin de le savoir. Pour moi, il est ce qu'il y a de meilleur au monde. Très cher David, pardonne-moi de te dire tout cela, mais je veux que tu saches avec qui tu couches. Cela ne veut peut-être pas dire grand-chose pour toi, et je fais peut-être des montagnes de cette petite affaire, mais pour moi, ce n'est pas une petite affaire. Maintenant, on va se mettre dans le lit, et il va falloir que tu me réchauffes, parce que j'ai horriblement froid.

David a écouté en souriant ce long discours. Et quand elle se penche vers lui pour entrer dans le lit, il l'enlace et l'embrasse délicatement sur la bouche. Puis ils restent étendus longtemps sans bouger et se regardent sans angoisse, sans rien de sombre.

Tu as même changé les draps pour nous — puis elle réfléchit un peu. As-tu eu d'autres femmes, ici dans cette chambre ? Bon, tu n'as pas besoin de répondre. C'est une question idiote. Mets ta main sur mon sein.

Et ils s'embrassent à nouveau.

Je n'y arrive pas aujourd'hui, dit David soudain. C'est mon long discours qui t'a effrayé, dit Karin en souriant. Ça ne fait rien. Nous sommes ici ensemble, ça suffit. C'est bien ainsi.

Quelques heures plus tard, elle dit calmement : il faut que je parte maintenant, David. J'ai promis de chercher Andreas à l'aéroport, il a été à Stockholm aujourd'hui. Ils se regardent, et s'embrassent et Karin se lève et s'habille rapidement. Viens ici, dit-il soudain, toujours assis dans le lit, deux coussins dans le dos. Elle va vers lui et il lui prend la main. Je voudrais te dire quelque chose, dit David lentement. Mais je ne sais pas comment l'exprimer. Son visage est pâle et ses yeux sont bordés de rouge. Je ne sais pas comment le dire, dit-il. Elle s'assied sur le bord du lit et met ses bras sur les épaules de David, l'attire à elle, le caresse lentement au-dessus de l'oreille et sur la joue. Je t'aime tellement, dit-elle dans sa propre langue. Je t'aime tellement, tellement.

Puis elle se lève doucement et finit de s'habiller. Il se lève aussi et met sa vieille robe de chambre. Au moment de partir, elle l'embrasse rapidement. Je t'ai déçue, demande David. Elle le serre très fort dans ses bras et rit.

Elle rit et arrive à le faire rire. Garde ses bras autour de lui et dit en souriant : non non non non non ! Elle se dépêche de franchir la porte, mais s'aperçoit aussitôt qu'elle a oublié ses gants et frappe à la porte. Il ouvre. J'ai oublié mes gants, dit-elle un peu pressée mais toujours souriante.

Il essaie de la retenir et l'embrasse violemment. Elle sent son désir et est prête à y céder, poussée par une impulsion subite, mais je ne peux pas maintenant, pas maintenant. Je reviendrai un autre jour. Bientôt. Je t'appelle demain matin ?

5

Allô. C'est Karin. As-tu attendu ? Je ne voulais pas téléphoner avant d'être seule. J'avais si peur que tu ne sois déjà parti.

Je ne pensais pas que tu appellerais. Je ne sais pas pourquoi. Du reste, j'ai un peu bu. J'ai pris un somnifère et puis je n'ai pas dormi. Et alors j'ai un peu bu et j'ai repris un somnifère. J'aurais dû être sur le terrain à huit heures un quart ou au plus tard à neuf heures. Mais je n'irai pas aujourd'hui. J'ai le droit d'être malade une fois, moi aussi, quand même. Ne t'inquiète pas si je suis ivre, ce n'est vraiment pas dans mes habitudes. Je ne pensais pas que tu m'appellerais. Je ne pensais pas que nous nous reverrions. Je suis — je voudrais t'expliquer quelque chose. C'est si étrange, j'ai envie de te parler de quelque chose d'important, que je n'ai jamais dit à personne. Je voudrais te le dire à toi, mais je n'ai pas de mots. Je suis analphabète d'âme. Ne peux-tu venir chez moi tout de suite ? J'ai besoin de toi. Qu'est-ce que tu es en train de faire ? Dois-tu sortir faire les courses pour le dîner ? N'es-tu qu'une maudite institution de service ménager ou quoi ? Qu'est-ce que tu es ?

Ne peux-tu venir tout de suite ? Ne peux-tu venir ?

Je ne peux pas venir maintenant. Je ne peux pas, il faut que tu comprennes. Je ne peux pas juste jeter tout ce que j'ai dans les mains. David, tu es là ? Pourquoi ne réponds-tu pas ?

Je comprends, dit David d'un ton distant. Puis c'est le silence.

Bon je viens. Mais je n'ai pas le temps de rester plus d'un tout petit moment.

6

Et elle y va. Très troublée et sans vraiment le vouloir. Quand ils se voient, elle est anxieuse et froide. La chambre n'a pas été aérée et pue la cigarette froide. Il est juste à demi vêtu, pas rasé, il sent l'alcool et l'angoisse nocturne. Il l'enlace et lui enlève son manteau. Elle résiste faiblement et dit qu'elle n'a pas le temps de rester. Il grommelle quelque chose qu'elle ne comprend pas, ça ressemble à une injure. Il y a un bref corps à corps près du lit défait, il réussit à la renverser et se met à lui arracher ses vêtements. Pâle de rage et d'humiliation, Karin lui dit de la laisser, elle peut se déshabiller elle-même. Elle enlève ses collants et son slip, soulève sa jupe et s'allonge sur le lit, les genoux écartés. Il se couche sur elle et la pénètre sans l'embrasser ni l'enlacer. Elle garde les yeux étroitement fermés et le laisse faire. Il gémit faiblement, furieusement, il est tendu, insensible. Elle ouvre les yeux et le regarde : son visage est pâle de haine et des cernes noirs se creusent sous ses yeux. Ne me regarde pas, bon Dieu, dit-il d'une voix pâteuse, et il pose sa main droite sur le visage de Karin.

Puis il dit quelques mots dans une langue étrangère. Ça a l'air effrayant : sa bouche s'ouvre, ses
lèvres s'étirent sur les côtés, dénudant les dents,
son corps se contracte durement et de sa gorge,
sort un son qui est comme un pleur ou un cri à
demi étouffé. Et ils restent étendus, silencieux et
distants, les draps, les vêtements, les corps
lourds de dégoût et de solitude. Le jour est d'un
gris dur derrière la grande fenêtre aux rideaux
usés. Karin se libère, sort du lit et va à la salle de
bains.

7

Ce même après-midi. Andreas et Karin travaillent au jardin, ils ramassent les fruits tombés
dans de grands paniers. Il bruine, mais il ne fait
pas spécialement froid. Le soleil se promène derrière les nuages de pluie et apparaît de temps à
autre dans un rayon brûlant sous les arbres vieil-
lissants. Je t'ai téléphoné plusieurs fois ce matin,
dit Andreas, incidemment, mais je ne t'ai pas
eue. Non, j'étais au grenier et je nettoyais. Il y a
une masse de vieux vêtements suspendus là-haut,
j'ai commencé à les trier pour les envoyer à la
Croix-Rouge. C'est une bonne idée, dit Andreas

en se redressant. Quelque chose te préoccupe ?
Karin ne répond pas tout de suite. Ce n'est rien,
dit-elle, je vais avoir mes règles et dans ces cas-là
je suis toujours un peu mélancolique. Rien
d'autre ? demande Andreas tranquillement. Non,
je ne crois pas, répond Karin, et elle sourit. Puis
elle va vers lui et l'entoure de son bras.

8

Juste au-dessous de la vieille église qu'on est en
train de restaurer, on a trouvé les vestiges d'un
cloître et d'une nécropole datant du premier
siècle avant Jésus-Christ, quelques vestiges rares
et difficiles à identifier. Le terrain a été bien
délimité et dégagé. Depuis l'église, on entend les
perceuses et les coups de piques et de pioches.
Ici, c'est calme. Deux hommes vêtus d'épaisses
salopettes sont à plat ventre et fouillent la terre
avec de petites pelles de fer. C'est un jour
d'automne inquiet, avec des changements
brusques de lumière et de nuages pluvieux. Karin
s'approche timidement, s'arrête à une certaine
distance, n'ose pas avancer. David l'aperçoit, dit
quelque chose à son compagnon de travail, enlève
la terre de ses genoux et va vers elle. Son visage

est grave, presque peu engageant. Pourquoi ne donnes-tu pas de nouvelles, dit Karin aussitôt. J'ai essayé de t'appeler plusieurs fois, mais personne ne répond, et hier je suis allée sonner à ta porte, j'ai entendu que tu étais là, mais tu n'as pas ouvert.

David l'a prise par le bras et l'emmène à travers le terrain, vers la lisière de la forêt. Là, ils s'asseyent derrière des arbres encore touffus, près d'une mare tranquille.

Pourquoi agis-tu ainsi ? demande-t-elle. Je ne supporte pas ton silence, c'est la seule chose que je ne supporte pas. Soudain, elle lui caresse doucement le visage.

Il n'y a rien, dit-il. Si seulement tu voulais être patiente avec moi.

Je suis aussi patiente que je le puis, dit Karin en souriant. Je n'exige rien. Ne crois pas que j'exige quelque chose. Je ne comprends pas moi-même ce qui est arrivé. Je sais seulement que je ne peux pas penser une seule pensée sans que tu y sois mêlé. Je ne peux pas vivre une minute sans que tu ne sois présent, juste dans cette minute. C'est comme ça.

David secoue la tête : je suis complètement perdu dans ce tumulte de sentiments.

Karin lui caresse à nouveau le visage. Tant que nous ne nous perdons pas l'un l'autre, ça ne fait

rien, dit-elle très bas et vite. C'est le plus important, que tu ne me laisses pas dehors. Parce que
alors, je suis complètement impuissante,
comprends-tu ?

Ensuite, ils ne peuvent pas dire grand-chose de
plus. Ils se regardent l'un l'autre, et se caressent
avec des gestes inhabituels et maladroits.

Je voudrais tant t'expliquer, dit David. Je sais,
dit Karin. Je sais. Il la caresse et elle a un peu de
terre sur la joue.

9

Un poème de Gunnar Ekelöf

Éveille-moi au sommeil en toi
Éveille mes mondes pour toi
Allume mes étoiles mortes attire-les près de toi.

Rêve-moi hors de mon univers
Ramène-moi dans la demeure des flammes
Donne-moi naissance, vis-moi, meurs-moi plus
                                        près de toi.

Plus près, moi plus près de toi
Plus près du foyer de la naissance

Réchauffe-moi, prends-moi plus près de toi.

10

Et c'est l'hiver. Ils se voient quelques heures presque tous les après-midi, toujours dans son appartement loué et sale.

Un jour, en l'aidant à faire le ménage, elle découvre dans la bibliothèque un album plein de vieilles photographies. Elle s'assied près de la fenêtre et le feuillette. Il se penche au-dessus d'elle.

Je traîne cet album de photos partout où je vais, dit David. Je ne sais pas pourquoi. Sans doute une sorte d'obscure sentimentalité. Mon père et ma mère, tous mes parents sont morts. Nous habitions Berlin, juste au-dehors de la ville, mon père était directeur d'une clinique psychiatrique privée. J'avais quatorze ans, quand soudain mon père nous envoya en Suisse, ma mère, ma sœur et moi. Six mois plus tard, nous perdions tout contact avec notre famille en Allemagne. Elle fut exterminée dans différents camps. Après la guerre, et après la mort de ma mère, je suis allé en Israël, où j'ai acquis ma formation. Je pense que je garde cet album à cause de ma mère. Ici, tu la vois, jeune fille, jeune fiancée. Ne trouves-tu pas qu'elle est belle ? Elle était chaleureuse et impulsive, violente et passionnée. La plupart du temps, elle était un peu revêche, sauf quand nous étions malades. Alors, sa tendresse était sans limites. Parfois, je me sens désespérément seul sans mère, c'est ridicule, n'est-ce pas ? Je suis un adulte, quand même. Je me rappelle quand elle était enceinte de ma sœur. Je n'avais pas plus de six ans, je crois. Par erreur, un jour, je l'ai vue nue, avec son énorme ventre, j'ai eu peur et me suis mis à pleurer. Mère m'a pris près d'elle. Je me souviens, je n'avais qu'une brassière sur moi et j'avais très froid. Mère me prit près d'elle dans son lit. Elle était toujours nue et elle me laissa toucher son ventre avec ma main, et j'ai senti l'enfant qui bougeait. Je m'en souviens très bien, mais Mère l'a toujours nié, quand, à l'âge adulte, je lui ai rappelé ce moment. Ça la fâchait même un peu.

Tu avais une sœur, demande Karin. Oui, tu la vois ici, nous étions inséparables, dans l'enfance, nous jouions toujours ensemble. Bien que j'aie six ans de plus qu'elle. Où est ta sœur à présent, demande Karin. David se tait un instant. Elle est partie, dit-il enfin. Je n'ai pas de parents, pas de famille. J'ai été marié, mais ça s'est terminé dans la terreur pour tous les deux. Ta sœur, est-elle

morte pendant la guerre, demande Karin avec
insistance. Je ne sais pas, dit David un peu irrité.
Elle est partie. Je ne sais rien d'elle.

11

David est hors de lui, mais il se domine. Il
sourit en ouvrant la porte à Karin. Il est tard
dans l'après-midi. Où as-tu été ? Je t'ai atten-
due ! Ce n'est pas possible, je t'ai dit que je serai
en retard aujourd'hui. Tu as dit que tu viendrais
à trois heures et il est quatre heures. Je me
rappelle très bien que je n'ai pas précisé l'heure
— je savais ne pas pouvoir m'y tenir — , je ne
savais pas combien de temps durerait ce déjeuner.

Karin sourit et l'embrasse sur la bouche, et
enlève sa fourrure. Elle est très élégante
aujourd'hui, avec ses bijoux et ses hauts talons.

Et alors je n'ai pas précisé l'heure, dit-elle, en
l'embrassant à nouveau. Tu étais si têtu, que je
t'ai promis de venir de toute façon, même pour se
voir juste un tout petit moment. Comme il fait
sombre ici, ne peut-on allumer une lampe ? Karin
est de très bonne humeur. Enjouée, amusée par
la colère de David. Il la prend par les bras et
l'embrasse violemment.

Tu as fumé, dit-il, fâché. Mais oui, dit-elle en souriant. Nous nous étions promis l'un à l'autre d'arrêter de fumer. Oui, mais aujourd'hui, je trouvais que c'était bon, après ce merveilleux repas. J'ai fumé cinq cigarettes, dit-elle, et elle montre ses cinq doigts en riant. Comme tu m'en veux à présent. Pas du tout, dit-il froidement, mais nous avions fait un accord. Et puis tu as beaucoup bu. Oui, j'ai bu aussi, dit Karin, et elle secoue la tête plusieurs fois. Je suis sans doute un peu ivre. Je suis un peu ivre. Viens, prends-moi maintenant. Je suis très pressée, comprends-tu. Donne-moi au moins un baiser et dis-moi que tu me pardonnes. Elle le serre dans ses bras et l'embrasse. Il lui donne un coup violent en plein visage. Elle chancelle sur le côté, le coup l'a atteinte sur la joue et sur la bouche. Elle a les larmes aux yeux de colère, d'étonnement et d'humiliation. David prend une chaise et la jette sur le plancher, elle échoue en miettes, dans un coin.

Personne ne m'a jamais battue, dit Karin au bout d'un moment. Je n'ai jamais été battue de toute ma vie. Je ne supporte pas de te voir comme ça, dit David fou furieux. J'étais juste joyeuse. Tu as bu, tu as fumé, hurle-t-il hors de lui.

J'étais *joyeuse*, répète Karin. J'ai été à un déjeuner en l'honneur d'une délégation étran-

gère, je t'en avais parlé avant. Je me suis amusée. Andreas *se demandait vraiment* pourquoi
j'étais si pressée. Ç'a été difficile de venir ici,
aujourd'hui. Mais je suis venue parce que tu as
tellement insisté.

Je ne supporte pas ce maudit Andreas, hurle
David. Ce sacré idiot, menteur, et maladroit.
Qu'il aille se faire foutre.

Tu es fou. Arrête de crier comme ça. Karin se
met à rire. C'est terrible ce que tu as l'air fâché.

Va-t'en, dit-il froidement. Va-t'en au diable.
Rentre à la maison, vers ta maudite perfection.
Tu es faite pour ça. Il est tout à fait absurde de
continuer comme ça. Tu n'entends pas ce que je
dis ? Va au diable et laisse-moi en paix.

Maintenant, tu es bête, dit Karin calmement,
et elle enfile sa fourrure. Mais il est loin d'avoir
épuisé sa colère impuissante. Je suis fatigué de
toi, c'est bien que ce soit fini. Je suis fatigué, plus
qu'assommé, tu entends ?

Karin s'arrête, se retourne, le regarde. Pauvre
David, dit-elle d'une voix changée. Pauvre David
et pauvre Karin. Comme ça va être difficile pour
nous.

C'est pour ça qu'il vaut beaucoup mieux trancher immédiatement, répond David ironique-
ment. Karin secoue la tête, à présent elle est
triste : comme si c'était aussi simple, dit-elle.

Elle va vers lui, le fixe avec gravité. Si tu as

quelque chose à me dire, appelle-moi comme d'habitude demain matin. Et elle lui fait une rapide caresse sur la joue.

Quand elle est de l'autre côté de la porte, elle s'arrête un instant pour écouter. Tout est absolument silencieux. Elle descend lentement l'escalier et alors seulement se met à pleurer. Les larmes coulent, ce ne sont même pas de vrais pleurs — c'est plutôt comme un poids insupportable, une soudaine compréhension.

Elle descend marche après marche, la main sur la rampe. Au moment de sortir dans la rue, elle se cogne dans une femme qui la salue avec un sourire de curiosité. Elle salue aussi et ouvre la porte. À ce moment-là, elle l'entend, il arrive en courant derrière elle.

Ils sont de retour dans la chambre sombre, ils sont de retour l'un dans l'autre. Dans l'intimité et la tendresse et le pardon, mais aussi dans un désespoir secret qui fait mal, au plus profond de leur plus secrète communion.

12

Le même soir, Andreas et Karin assis chacun dans son confortable fauteuil, dans le bureau d'Andreas, jouent aux échecs. Le gramophone joue une musique apaisante. Le chien dort sur le tapis.

Le fils Anders entre en tenant un Coca-Cola et se roule en boule dans un fauteuil. Tu t'es amusé au cinéma, demande Andreas. Comme ci comme ça, dit le fils. Il y avait un tas de trucs d'amour idiots, c'est assommant. Ah bon, il n'y avait pas d'autres films, demande Karin. Non, je les ai déjà vus. As-tu faim, demande encore Karin. Non, j'ai pris une brioche. Bonsoir. Qui gagne ? C'est toujours Maman, dit Andreas. Bonsoir. Anders se sort du fauteuil et disparaît. Je monte te dire bonsoir et éteindre la lumière dans un petit moment, crie Karin, mais Anders ne répond pas.

Où est Agnès, demande le père. Elle est à son cours de danse, tu le sais bien. Mais elle était si enrhumée. Pas ce soir, Agnès n'est jamais malade le samedi.

Andreas lève la tête et a un bref sourire. Qu'est-ce que tu as comme blessure sur ta lèvre ? Je ne sais pas ce que ça peut être, dit Karin un peu sur la réserve. Je viens de m'en apercevoir il y a un instant. Peut-être un manque de vitamine ?

Ça je ne crois pas, dit Andreas en souriant.

Ils jouent un moment en silence. Je dois aller à un Congrès à Rome en avril, tu as envie de venir, demande-t-il. Ce serait merveilleux, dit Karin d'un ton un peu évasif. Rome est belle en avril, non ? Je ne suis pas très sûre de pouvoir. Il faut que je trouve quelqu'un qui puisse s'installer ici pour garder les enfants. C'est déjà arrangé, dit Andreas joyeusement. J'ai appelé ma sœur Eva cet après-midi, et elle m'a dit qu'elle était absolument d'accord. Elle trouvait que ce serait très plaisant. Elle est si seule à présent, depuis son divorce, la pauvre. On peut y penser, dit Karin. Tu n'as pas l'air tellement enthousiaste, en tout cas, dit Andreas, un peu peiné. Tu sais comme je suis, répond Karin, et elle sourit en s'excusant. Pardonne-moi.

Andreas s'étire et bâille : je sais bien comment tu es. Allons nous coucher. De toute façon, tu gagnes cette partie. Je vais juste sortir Fia. Il fait signe au chien. Karin débarrasse les verres, arrête le gramophone et éteint la lumière. Ils se déshabillent. Maintenant Andreas se tient devant la grande glace de la garde-robe. Il est nu. Il appelle Karin. Elle a déjà mis sa chemise de nuit et tient sa brosse à cheveux à la main. Il l'attire devant lui, lui enlève sa chemise de nuit. Il la regarde longuement et minutieusement dans le miroir. Elle supporte cela avec une soudaine prostration. Puis il la tourne vers lui et l'embrasse sur la bouche, à côté de sa blessure. Puis il l'étend sur le tapis et la prend lentement et avec toute son expérience conjugale.

13

C'est une journée d'avant printemps, ensoleil-
lée mais venteuse. La Sainte Vierge a été tirée de
son trou et a retrouvé son trône élevé dans
l'église légèrement restaurée, qui sent la peinture
fraîche et la charpente neuve. La nécropole sur le
talus a été fouillée, retournée en tous sens, photo-
graphiée et enregistrée. À la tribune de l'orgue,
un petit ensemble répète pour l'inauguration de
dimanche.

**La Madone n'était pas aussi belle qu'on le
croyait au début**, dit David. **Mais elle a une
valeur indéniable. Ils pensent qu'elle est venue
du Danemark au** XIIIe **siècle. Pourquoi était-elle
emmurée ?** demande Karin. **On n'en sait rien.
Peut-être était-elle trop terrienne.**

J'ai l'intention d'aller la voir de temps à autre,
dit Karin. **Quand tu seras parti et que je serai
abandonnée. Es-tu croyante ?** demande David.
Non, dit Karin. **Je ne suis pas croyante.**

Ils s'asseyent contre le mur de l'église, le soleil
brille fort et chaud. Ils sont serrés l'un contre
l'autre et écoutent les chants. **Quand pars-tu ?**
demande Karin. **Demain, tôt. Quand reviens-tu ?**

Dans six mois. En septembre ou octobre. Combien de temps resteras-tu alors ? À peu près aussi longtemps que cette fois-ci. Que vas-tu faire une fois revenu à Londres ? Je vais préparer une série de conférences. Dix-huit. Pendant l'été. Oui, c'est ça, pendant l'été.

Ils se taisent. La musique devient plus forte. Tu m'écriras ? demande Karin. Je t'écrirais aussi souvent que je le pourrais. Tu recevras des lettres de moi aussi.

À nouveau, silence et mélancolie d'adieu. Nous avons vécu ensemble six mois, dit Karin tranquillement. Ce sera très dur de — ce sera très dur, ajoute-t-elle à mi-voix. Elle prend sa main entre les deux siennes et l'embrasse, la caresse de ses lèvres. Qu'est-ce que c'est que cette musique ? demande-t-elle. Je crois qu'ils répètent quelque chose pour l'inauguration de l'église dimanche, dit David.

Nous nous disons adieu ici et maintenant, n'est-ce pas ? Andreas voulait que tu viennes dîner à la maison, mais j'ai dit que je croyais que tu étais pris. David approuve de la tête : c'est beaucoup mieux de se dire au revoir maintenant, entre nous. Que ce soit si dur. Je ne crois pas que nous comprenons encore combien ce sera douloureux *ensuite*.

Ils se taisent très longtemps. Puis elle l'embrasse vite. Je m'en vais à présent, dit-elle.

Non, pas encore, Karin. Si, je m'en vais à présent. Il faut que je parte. Sinon ce sera trop dur. Elle l'embrasse encore.

14

David très cher, je ne pensais pas que cela ferait si mal d'être sans toi. Cela fait physiquement mal. Il est dur aussi d'être obligé de ne rien montrer. Je n'ai personne à qui parler. Si seulement j'avais une amie à qui je pouvais tout raconter. Bien sûr, j'ai des amies, mais je n'ai pas confiance en elles. Ici, il fait froid et automnal à nouveau, bien que nous soyons au mois de mai. Nous avons tous pris froid et j'ai un énorme rhume. Je veux dire que ça m'a permis d'afficher sans gêne mon nez et mes yeux rouges.

Karin, ma bien-aimée Karin. Cela fait un drôle d'effet de se retrouver dans le monde. Ta petite ville avec ses vieux murs et ses rues silencieuses, et sa cathédrale avec son carillon, étaient comme en dehors de la réalité. Comprends-tu ce que je veux dire ? C'était comme un lieu protégé, loin de tout mal. Je me sentais enfermé et en sécurité. Cela fait aujourd'hui six semaines que nous sommes séparés et nous nous sommes écrit pratiquement tous les jours. Moi qui ai tant de mal à écrire une lettre. Un jour, je me suis arrêté brusquement au milieu de la rue et j'ai dit à haute voix pour moi-même : nous sommes *douloureusement liés*.

David, mon ami le plus cher au monde. Peux-tu me pardonner de ne pas t'avoir écrit pendant plusieurs jours. Nous avons eu le nettoyage de printemps. Tu vas penser que c'est une raison bien triviale, mais je n'ai pas eu une minute à moi du matin jusqu'au soir. La maison était pleine de monde. Oui, il y a eu un travail fou. Ne sois pas fâché contre moi. Tu comprends, c'est dur parfois de n'avoir pas un endroit où aller pour être seule avec soi-même.

Très chère Karin. Je suis à présent dans le sud de la France et j'assiste à une sorte de congrès d'été des archéologues. Il fait terriblement chaud et nous nous traînons à travers un programme sans fin de conférences et de démonstrations et de projections de films. J'ai reçu confirmation que je pourrai revenir en Suède le quatorze octobre. Dans exactement quatre-vingt-seize jours. Je barre les jours sur mon agenda. Ça fait long.

Cher cher David ! Nous sommes rentrés à la maison après un séjour à la campagne, et c'est

vraiment bon. Les enfants ont recommencé
l'école et j'ai un peu plus de temps *pour moi*. Je
pense commencer à apprendre l'italien malgré
tout, c'est la grande nouvelle du jour. À côté de
cela, je passe beaucoup de temps à consoler
Agnès qui a eu son premier chagrin d'amour.
Oui, il y a eu beaucoup de larmes ! Maintenant, il
ne reste plus que sept semaines avant ton retour.

Karin ! Une petite carte en toute hâte. J'ai
réussi à louer notre vieux et laid et lugubre
appartement. J'arrive jeudi en avion. Je te téléphone vendredi matin à huit heures. C'est vraiment — je ne sais pas ce que c'est !

15

Il est maintenant huit heures ce vendredi
matin, et le téléphone doit sonner. Elle s'occupe
avec indifférence, trie des journaux, ceux qu'il
faut jeter et ceux qu'il ne faut pas jeter. Puis elle
décide qu'ils sont tous bons à jeter. Il y a
d'autres choses à faire. Elle descend à la cave et
emplit la machine à laver, de temps en temps elle
suspend son travail et écoute, mais le téléphone
ne sonne pas. Il est maintenant huit heures et

sept minutes. Elle soulève l'écouteur pour voir si le téléphone fonctionne bien. Elle se rabat sur les comptes et commence à remplir des fiches de chèques postaux. Maintenant il est huit heures douze minutes. Ça sonne. Quelqu'un demande le docteur. Karin répond avec une politesse forcée que le docteur est dans son bureau à l'hôpital. Ah bon, dit l'homme, lentement, déçu. Il est donc impossible de le joindre. Vous pouvez parler avec la secrétaire du professeur, dit Karin. Elle vous aidera sûrement. Oui, mais j'aurais eu besoin de parler avec le professeur lui-même, répond l'homme. Il commence à opérer à huit heures, ce sera donc un peu difficile. Il commence à opérer, dit l'homme étonné. Tous les jours, dit Karin. Tous les jours à huit heures. Le samedi aussi ? demande l'homme étonné. Non, pas le samedi. Qui est à l'appareil, demande l'homme avec insistance. C'est sa femme. Ah bon. Oui, oui, mais j'aurais voulu parler au professeur. Oui, j'ai compris, dit Karin. Adieu donc, dit l'homme déçu. Adieu, essayez tout de même sa secrétaire, dit Karin en essayant d'adoucir les choses.

Elle pose l'écouteur et regarde le téléphone. Maintenant il est huit heures seize. Alors Karin appelle. Une voix lui donne un autre numéro. Elle fait le numéro indiqué. Une voix l'avertit : le téléphone est coupé.

Juste après, la sonnerie retentit à nouveau. À

présent c'est David. Ah enfin, dit-il, c'était sacrément difficile de te joindre. Je suis dans un café
pas loin de chez toi. Je ne savais pas que ce
maudit téléphone avait été coupé. Comment vas-
tu ? Bien, je vais bien, dit Karin, complètement
bloquée. Oui, maintenant je suis là, quand
même, dit David d'un ton froid, soudain. On
pourrait peut-être se voir, dit Karin après un
petit silence inquiet. Ce n'est pas une mauvaise
idée, dit David et il rit sans joie. Qu'est-ce que tu
fais cet après-midi ? Je dois rencontrer quelques
personnages à deux heures, mais je suis libre à
quatre heures et demie. Pas plus tôt ? demande
Karin. J'aurais si peu de temps. Il faut que je
sois rentrée pour le dîner, comprends-tu. Nous
aurons à peine une heure. Nous pouvons
attendre à demain, dit-il, un peu guindé. Non,
non, ce n'est pas ce que je voulais dire, dit
Karin.

Que fais-tu, juste maintenant ? demande-t-il
soudain. Maintenant, dit Karin. J'ai mis en route
la machine à laver et à dix heures je dois rencontrer l'institutrice de Anders. Viens *maintenant*, dit David. Je ne peux pas, dit Karin
anxieuse. Ça je ne peux pas, c'est impossible. Je
ne peux pas tout lâcher. Viens seulement un tout
petit moment. Et demain on se verra comme il
faut. Le téléphone commence à crépiter de façon
inquiétante. J'arrive, dit Karin désespérée.

J'arrive tout de suite. C'est absolument dégoûtant, en haut dans l'appartement, dit David. Personne n'a nettoyé depuis six mois, je crois bien.
Ça ne fait rien. J'arrive.

Elle repose l'écouteur et jette un regard cir-
culaire dans cette pièce qu'elle connaît si bien et
qui soudain lui est étrangère. Puis elle met son
manteau et cherche les clés de la voiture. Se
regarde dans la glace et suspend son mouvement :
une femme étrangère. Une femme étrangère dans
une chambre étrangère sur un chemin inconnu à
la rencontre d'un homme étranger. Qu'est-ce que
je fais, je suis folle, se dit-elle.

Et elle est en route. Le brouillard est épais et
les rues de la petite ville sont désertes. Elle
parque sa voiture à l'endroit habituel, au coin,
dans la rue transversale. Dans l'escalier, c'est la
même odeur de pipi de chat. Elle sonne à la
porte. Il ouvre tout de suite. Il lui prend la main
et la tire dans l'entrée sombre, et ferme la porte.
Ils sont à présents face à face, anxieux et tendus.

Comme tu as maigri, dit-elle. J'ai été malade
ces derniers temps, dit-il. Maintenant je suis
guéri. Je n'ai pas fumé une seule cigarette depuis
que tu es parti, dit Karin. C'est pourquoi tu es
encore plus belle qu'avant. J'ai pris du poids et
ce n'est pas bien du tout.

Ils sont toujours dans l'entrée. Elle sourit soudain et l'embrasse, tout en prenant sa main

qu'elle pose sur sa poitrine sous son manteau. Elle l'attire et le renverse sur le couvre-lit défraîchi. Couche-toi sur moi, dit-elle. Il l'entoure de ses bras et se couche sur elle et l'embrasse encore et encore, avec lenteur et recherche.

Ils s'aident mutuellement à ôter leurs habits qui tombent autour d'eux, et quand il entre en elle, elle murmure soudain : cela vaut tout au monde.

16

C'est l'après-midi. Pénombre d'automne.

On sonne à la porte. David dit que c'est son assistant, qui avait promis de lui apporter quelques livres. Il se lève, met sa robe de chambre. Karin reste couchée dans l'obscurité de la chambre. Elle somnole.

David ouvre la porte extérieure. Andreas a un sourire gêné et demande s'il peut entrer. David hésite un instant, puis fait signe que oui. Andreas traverse la petite entrée et pénètre dans la grande pièce — (il est possible qu'il ait aperçu les vêtements de dessus de Karin, mais en ce cas, il n'en laisse rien paraître).

Peut-on allumer un peu, dit-il. David allume le

plafonnier qui autrefois avait dû être protégé par un abat-jour, mais qui à présent n'est qu'une ampoule nue. Puis-je m'asseoir un instant, dit Andreas. Je ne serai pas long. Il s'assied, enlève ses lunettes ; fatigue et désarroi.

Les gens sont tellement aimables, dit-il avec un léger sourire. J'ai reçu quelques lettres. C'est une petite ville. Tous les gens se connaissent. Il pose une lettre sur la table. Anonyme, évidemment, ajoute-t-il, et il sourit de nouveau. Je ne tiendrais aucun compte de ces gribouillages si je ne pensais pas qu'ils disent la vérité. Je ne sais pas très bien pourquoi je suis venu. C'est tout à fait irréfléchi, je le reconnais, mais je sentais que c'était nécessaire. Il est rare que l'on sache exactement pourquoi on fait les choses, non ?

Je n'ai rien à dire, répond David froidement.

Karin peut voir les deux hommes dans la pièce très éclairée. Elle-même est relativement cachée par l'obscurité de la chambre.

Non, je n'ai vraiment rien à dire, répète David. Je déteste ce qu'on appelle les scènes. Du reste, je trouve toujours qu'il est absurde de discuter sentiments. On en arrive toujours à des suppositions gratuites. Je ne comprends pas pourquoi tu viens me voir. Tu as l'air d'imaginer que tu as des droits. Karin dit qu'elle éprouve une grande loyauté envers toi et le couple que vous formez. Tu devrais être reconnaissant de cette loyauté, tu devrais souhaiter qu'elle survive à notre liaison. Je pense que tu devrais parler avec Karin. Je pense que tu devrais profiter de sa loyauté. Je pense que tu devrais te montrer touchant et désemparé. Je pense que tu devrais parler des enfants et de toutes vos années communes. Tu as l'avantage, Andreas. Ne t'inquiète pas.

Je ne suis pas venu ici pour parler de moi, dit Andreas. Ça j'en suis absolument sûr. Je crois que je suis venu pour parler de Karin avec toi. Mais je me donne peut-être cette raison après coup.

C'est aussi touchant, dit David et il éclate de rire. Que veux-tu me dire de Karin, que je ne sache déjà.

Au fond, je ne sais pas qui tu es, dit Andreas lentement, sans bouger de sa place. Je ne te connais pas. Cela dit, j'ai de la sympathie pour toi. Dès le premier moment, quand je me suis occupé de toi à l'hôpital après ta tentative de suicide.

Ce n'était pas une tentative de suicide, répond David froidement. C'était un accident avec ce sacré poêle à gaz.

Je ne crois pas que mes souvenirs soient faux, dit Andreas un peu étonné. Cette nuit de mardi, quand nous en avons parlé, tu qualifiais toi-même ton accident de tentative de suicide. Je me trompe ? Non, mais nous n'aurions jamais dû parler de cela. C'est vrai, pardonne-moi. Je n'avais pas l'intention d'être désagréable ou indiscret. Du reste, ça n'a pas d'importance. Ce que je voulais dire, en fait, c'était que j'avais de la sympathie pour toi. J'avais l'impression que nous avions un bon contact. Mon sentiment là-dessus n'a pas changé.

Silence.

As-tu autre chose à ajouter, demande David, plus pour dire quelque chose. Je ne crois pas que les habitudes, le mariage et les enfants soient une protection solide contre le monde environnant, répond Andreas d'une voix fatiguée. Le monde environnant, répète David avec ironie. Appelle ça comme tu voudras, dit Andreas. Attraction érotique ou satisfaction sexuelle ou confusion des sentiments ou peur du vide ou peut-être seulement dégoût. Je ne sais pas. J'ai été idiot de venir ici.

Il se lève et va vers la porte.

Si tu crois que je vais poser à Karin un ultimatum, tu te trompes. Je ne pense pas non plus exercer une pression quelconque sur ses sentiments. C'est Karin qui doit faire son choix. C'est déjà assez difficile. Elle déteste effectivement toute forme de décision.

Andreas dit au revoir courtoisement et ferme doucement la porte derrière lui. David s'assied

sur une chaise, se met à rire pour lui-même.
Karin s'habille en silence.

C'était touchant, dit David. C'était vraiment
sacrément touchant. Bon Dieu ce que c'était touchant. Crois-tu qu'il savait que tu étais ici, il le
savait bien sûr. Il n'est pas si bête, ce type.

Karin s'assied en face de David et le regarde,
prend sa main entre les siennes, secoue la tête,
l'embrasse sur la joue et sur la bouche.

Tu m'appelles demain matin comme d'habitude, demande-t-elle gravement. Je ne sais pas,
répond David irrité. Tu fais comme tu veux, dit
Karin calmement, et elle se lève pour partir.
Cette situation est impossible, dit David, elle est
insupportable. Tu ne trouves pas ?

As-tu quelque chose à proposer ? demande
Karin, toujours aussi grave. Je me conduis
comme un enfant gâté, dit David, non ? Comme
un enfant grincheux et sacrément désagréable.
Non ? Oui, c'est exactement ça, dit Karin. Mais
personne ne s'attend à autre chose de ta part.

Soudain, il éclate de rire. Il étire ses bras
au-dessus de sa tête et rit largement, désespérément. Puis il étend sa main et attire Karin à lui et
l'embrasse jusqu'à lui faire mal. Elle se récrie
violemment mais lui rend ses baisers. Il pose sa
main sur sa poitrine.

Il est étrange qu'une image aussi désespérément enfantine puisse survivre à travers les

années, sans qu'on l'y encourage le moins du monde et provoque toujours plus de déceptions. Veux-tu que je te dise ce que je pense ? Il la regarde avec un sourire désespéré : *Nous n'entrerons jamais l'un dans l'autre.* Je ne pourrai jamais disparaître en toi. Tu ne pourras jamais vivre à l'intérieur de moi. Seulement pendant de courts, désespérément courts moments, nous nous imaginons que la prison s'ouvre. Ce n'est pas vrai, c'est encore un mensonge parmi tous les autres mensonges. Sais-tu ce que je crois ? Je crois que c'est un obscur souvenir qui remonte au ventre de ma mère. C'est la seule vraie communion qui puisse exister, et ensuite c'en est fini pour l'éternité des éternités.

Il rit et se lève. Maintenant nous avons bien mérité de boire quelque chose. Tu ne crois pas ? Il faut que je parte, dit Karin. Tu comprends ce que je veux dire ? demande David en allant chercher une bouteille et deux verres. Je comprends ce que tu veux dire, répond Karin en souriant, mais je pense que ce sont de belles paroles. C'est ça, dit David. C'est ça ! Seulement des mots, Karin a toujours raison !

Karin va vers lui et l'entoure de ses bras et pose sa tête sur son épaule. Pourquoi doit-il en être ainsi ? dit-elle désespérément, dans sa propre langue. Bientôt je n'en pourrais plus. Pourquoi faut-il que ce soit si difficile ?

Parle de façon à ce que je comprenne, dit David doucement. Tu as l'air si triste. Pas du tout, dit Karin. C'est pire que ça.

Ne t'en va pas, dit-il soudain plein d'angoisse. Ne t'en va pas maintenant. Je sais comment ça va se passer. Tu rentres à la maison et tout se passe comme d'habitude et les enfants veulent que tu partages leurs soucis et tu aides Anders avec ses devoirs et tu consoles Agnès qui a des chagrins d'amour. Puis tu prépares le dîner et Andreas raconte ce qu'a été sa journée à l'hôpital. Et quelqu'un téléphone pour vous inviter à dîner vendredi prochain. Et puis vous regardez la télé et vous bavardez un peu et puis vous allez au lit et tu t'endors en tenant la main d'Andreas. Je sais comment ça se passe. Je le sais. Je veux que tu restes ici avec moi ce soir. Je veux que tu téléphones chez toi à Andreas pour lui dire que tu ne peux pas venir. Je le veux. Il faut qu'il comprenne et qu'il accepte. Il ne peut pas avoir tous les droits de son côté.

Je ne sais pas comment ça marchera. Peut-être allons-nous nous disputer. Peut-être allons-nous nous enivrer. Ou peut-être nous conduirons-nous comme de parfaits petits-bourgeois. Peut-être allons-nous tout simplement dîner en ville puis voir un film. Mais tu peux quand même rester chez moi ce seul et unique soir, cette seule et unique nuit.

Karin est debout au milieu de la pièce sous la lumière dure. Elle est immobile, les yeux fermés et la tête penchée. Non, dit-elle, non, ça ne va pas. Tu ne peux pas me forcer. Si tu me forces et que je reste, de toute façon, je ne serais pas présente. Et j'aurais du mal à te pardonner — après. Il vaut mieux que je parte.

Je comprends, dit David doucement. Je comprends. Bien que je ne comprenne pas. Pardonne-moi de t'avoir demandé cela.

Soudain, elle va au téléphone et compose le numéro. Andreas répond. Karin : Andreas, je reste chez David ce soir et cette nuit.

17

Cette nuit Karin ne peut pas dormir. David est couché sur le dos, les mains croisées sur sa poitrine. Il respire presque sans bruit, son visage est pâle et triste, ses lèvres sont serrées. Silencieuse, avec précaution, elle sort du lit et prend ses vêtements, se glisse dans l'autre pièce, où elle allume la lumière et s'habille en hâte.

Quand elle arrive chez elle, elle aperçoit tout de suite de la lumière dans le bureau d'Andreas. Elle monte lentement l'escalier et s'arrête à la

porte. Andreas lève la tête et enlève ses lunettes.
Il est assis devant son bureau, mais n'a aucun
travail en train. Tu travailles ? demande Karin.
Non, répond l'homme. En fait, je ne fais rien.
J'avais du mal à aller au lit. Karin cache son
visage dans une de ses mains.

Andreas va vers elle. Elle se met à pleurer
violemment, se libère de lui mais reste là. Il pose
à nouveau son bras sur ses épaules. Viens, marchons un peu, dit-il. Et ils marchèrent de long en
large dans la pièce sombre.

18

Elle est en ville et fait des courses avec sa fille
Agnès, qui a besoin d'un nouveau manteau
d'hiver. Karin l'aperçoit immédiatement, de
l'autre côté de la vitrine. Il les a vues, il s'est
arrêté et les attend, il revient de son travail,
porte encore son bleu de travail, il est sale et mal
rasé, il a parqué sa vieille voiture au beau milieu
du passage clouté. Karin essaie de faire traîner
les discussions dans le magasin, mais il reste là.
Finalement, Agnès le remarque et dit quelque
chose à sa mère, à propos de sa présence. On
n'achète pas le manteau.

Karin promet de revenir et prend sa fille par la main et elles sortent dans la rue, c'est la fin de l'après-midi et il y a beaucoup de monde. David leur barre la route. Il tend la main à Agnès.

Bonjour Agnès, comment vas-tu, je trouvais ce manteau très joli, pourquoi ne l'as-tu pas acheté ? Puis-je parler à ta mère une minute ? Agnès lui adresse un regard méprisant et se dirige vers une devanture. Nous ne pouvons pas rester ici, dit Karin, extrêmement gênée. Non, bien sûr que non, je le comprends bien. Il faut que je te voie. Quand pourrais-je te parler ?

Nous pouvons nous voir à côté de l'église demain après-midi à trois heures. Laisse-moi maintenant. David a un pâle sourire. Il marche à côté d'elle, prend son bras, la tient. Karin secoue la tête : laisse-moi partir maintenant. Il la lâche aussitôt et disparaît. Karin s'avance vers Agnès, qui, l'air boudeur, regarde une vitrine de chaussures de dames. Alors, tu as vu quelque chose de joli ? dit Karin. Je ne comprends pas comment tu peux parler avec ce type. Il est vraiment trop dégueulasse ! Ce n'est pas mon avis, répond Karin.

19

C'est une journée de fin d'hiver, pluvieuse. L'église est fermée, mais ils ont demandé la clé au presbytère. La grande salle est à demi obscure et glaciale. Ils s'avancent vers la statue de Marie et la contemplent un moment.

J'ai entendu dire qu'il était arrivé quelque chose de bizarre, quelque chose qu'on ne peut pas très bien expliquer. Avant d'être emmurée, elle servait d'habitation à un insecte inconnu de nos jours. Les larves ont dormi là, dans l'ombre pendant cinq cents ans. Maintenant elles se réveillent et rongent la statue de l'intérieur. Aucun traitement connu n'a prise sur ces destructeurs. En fait, ils sont beaux. Au moins aussi beaux que la statue elle-même.

Silencieux, ils regardent l'étrange petit insecte, qui remonte lentement de la poitrine de la Sainte Vierge à son visage. Regarde, dit David, là, sur l'enfant il y en a toute une bande qui dorment de leur sommeil hivernal. Il n'est pas certain qu'on puisse la sauver.

Ils sont tendus et hostiles, très loin l'un de l'autre et anxieux. Ils se cherchent avec les mains et les baisers, mais ne peuvent trouver leur chemin à travers l'espace. Il fait froid ici, dit Karin. Ils se regardent, muets. Tu essaies tout le temps de me forcer, dit-elle enfin. Je ne m'en sors pas. J'ai perdu pied, comme on dit, je crois. Autrefois, j'étais en sécurité dans mon monde. Maintenant je suis dans l'insécurité chez moi, et chez toi aussi.

Elle parle vite et bas comme si elle avait honte ! Je ne peux pas être sans toi, tu es là tout le temps. Je ne comprends pas. Tu es comme mon enfant nouveau-né. En même temps tu es une menace terrible. Si j'étais libre, je te suivrais n'importe où. C'est vrai, David. Je ferais n'importe quoi pour te rendre heureux. Non, tais-toi maintenant, laisse-moi essayer de dire ce que j'éprouve, c'est tellement difficile à expliquer.

Je *comprends* de quelle façon tu penses. Je *comprends* ce qui te tourmente. Je *sais* pourquoi tu me forces et je deviens furieuse, mais cela m'attache d'autant plus fort à toi. Je me demande s'il y a quelque chose qui cloche en moi, pour que je puisse réagir ainsi.

Oui, tu te moques de moi. Mais je vais te dire une chose : *je sais que tu m'abandonneras un jour*. N'est-ce pas étrange ? Je le vois très clairement, et je sais que cela est de plus en plus proche. Je crois que tu es attaché à moi presque de la même façon que je suis attachée à toi. *Mais pourtant tu vas m'abandonner*. Je sais pourquoi. Tu te détestes et c'est pourquoi, quelque part, tu me détestes. Il y a une part de toi qui veut tuer et détruire. Tu te détestes parce que tu penses que tu as toujours lâché et trahi. Si, c'est vrai, David, tu penses cela de toi et tu te détestes à cause de cela. Et tu n'as aucun Dieu qui puisse te pardonner. Et aucune mère qui puisse te prendre sur son sein et te pardonner. Tu as cru dès le début que j'étais une mère qui pourrait t'aider à oublier tout ce qui te tourmente. Mais aucune femme au monde ne peut jouer ce rôle pour toi.

J'ai tellement pitié de toi et j'essaie de t'atteindre. J'essaie tout le temps de t'atteindre, très cher David. Mais je sais que tu t'éloignes de moi de plus en plus et cela fait mal. Je n'ai envie que de crier et de pleurer.

Non, attends, j'ai encore des choses à dire, j'ai pensé très fort à tout cela. Qu'est-ce que je voulais dire ? Oui, je sais : je ne comprends pas ce qui se passe dans le monde. Je ne lis pas les journaux et ne regarde pas la télé, je n'en ai presque jamais le temps. Agnès a déjà commencé à me gronder parce que je ne suis pas ce qui se passe. Je ne crois pas en Dieu, la cruauté autour de moi m'effraie, et je hais la violence, je suis mortellement humiliée quand tu me frappes.

Je ne crois qu'à cette seule règle : je crois qu'il

faut essayer d'être gentil, je crois qu'il faut essayer d'éviter de faire du mal aux autres gens. Je ne crois pas que la vie ait un sens, non, je ne le crois pas. Pourtant j'ai toujours aimé vivre. Je ne suis pas une idéaliste. J'ai très peur de tous les grands mots. Je crois qu'il faut être compréhensif, même en ce moment, bien que ce soit presque impossible.

Tu ne pourras jamais me changer, sauf en surface. Non, cela non plus n'est pas vrai. Tu m'as changée de fond en comble. Mais tu ne peux pas changer mes pensées ni ma raison. Et je sais cette vérité terrible : *tu vas m'abandonner.*

C'est dur de vivre deux vies, je trouve ça presque impossible, parfois, mais je sais que c'est réalisable, et je sais qu'Andreas l'accepterait, puisqu'il est déjà un peu vieux et fatigué. Oui, c'est vrai. Il est possible de vivre deux vies, et peut-être, lentement, de les réunir en une seule vie intelligente et bonne, qui serait utile et apporterait de la joie.

Mais il n'est pas possible de vivre avec ta haine de toi-même, David. C'est une maladie mortelle. C'est une tumeur qui ne fait que croître et croître. Je ne peux rien y faire, malgré tout l'amour que je te porte et malgré tous les efforts que je fais. Me comprends-tu, David ? Faut-il que la vie soit si difficile ? Faut-il qu'il y ait tant de distance et tant de solitude ? Faut-il qu'il y ait tant de désir et tant de désespoir ? Faut-il que les choses soient tellement impitoyables ?

Elle regarde David avec un visage grand ouvert, sans larme, presque sans expression. J'ai froid, dit-elle soudain. Peux-tu me serrer un peu dans tes bras ? Il met ses bras autour d'elle. Dis-moi quelque chose, quelque chose de gentil. Mais David secoue la tête. Non, il ne peut rien dire. Il lutte avec une colère muette qu'il peut à peine dominer. Dis-moi que tu m'aimes bien malgré tout, dit Karin. Mais il se tait.

Je sens que tu es fâché contre moi. Si, si, tu es fâché. Regarde-moi, David. Tu peux bien être fâché contre moi, à condition que tu ne m'abandonnes pas. Je ne sais pas ce que je vais devenir sans toi. Elle caresse plusieurs fois son visage. Dis-moi, je suis ici chez toi, nous sommes ensemble. C'est la seule chose qui compte.

Le jour gris de cet hiver-printemps baisse et devient plat, inquiet. Ils doivent se protéger contre le vent qui les saisit lorsqu'ils sortent de l'église. Puis le vent retombe avec un écho sourd. On ne voit pas une âme. La neige a commencé de tomber follement dans le crépuscule. Karin en a les larmes aux yeux. Les nuages courent vite dans le ciel : le cœur est déchiré de désir, de solitude ! Yeux de la mère, totalement clairs, enfantins, emplis d'un désespoir sans fond. Mais avec les anneaux de mariage : que faut-il faire ? Si je pouvais me réconcilier à temps avec les extrêmes, et avec la cruauté. La cruauté, l'involontaire, la toute-puissante.

David regarde Karin : je n'ai pas pu, je n'ai pas su manifester de la tendresse, tout cela qui est fait de toucher et d'intimité, la seule chose qui compte, la seule chose qui soulage l'angoisse et la colère. La seule chose qui adoucisse le fait d'être au monde.

Il l'arrête et dit et redit son nom. La distance disparaît, la haine et la peur se retirent, grâce soudaine, un bref instant. Cela est toi. Je te reconnais, je peux te saisir.

Ils se rencontrent et se confondent, cessent d'expliquer et de comprendre. Dans le paysage d'hiver, crépusculaire et désert, gelés, leurs visages trempés de larmes.

Pardonne-moi, dit-il. Pardonne-moi, pardonne-moi, Karin. Maintenant nous sommes l'un dans l'autre, n'est-ce pas ? Juste maintenant, juste maintenant. Karin dit : oui, oui, maintenant, nous sommes l'un dans l'autre. Et un court instant, il en est ainsi.

Vous ne vous sauvez pas quand même avec la clé de l'église ! dit le pasteur inquiet en grimpant la côte, tout essoufflé.

20

Tout ceci se passe pendant les quelques jours qui précèdent Pâques. Aujourd'hui c'est mercredi. David n'appelle pas à l'heure convenue, huit heures du matin. Comme bien d'autres fois, Karin attend avec un malaise et une irritation croissants le signal téléphonique, elle a du mal à mettre en train les occupations journalières. En outre, Anders est à la maison, il n'a pas envie d'aller en classe, et il est obligé de faire ses devoirs, chose à laquelle il se soumet avec d'amères protestations. Vers huit heures et demie, Karin compose le numéro de David, personne ne répond. Elle appelle encore une fois, pour être sûre de n'avoir pas fait un mauvais numéro. Personne ne répond.

Soudain, les vannes craquent. Avec une panique croissante, elle se rend en voiture au musée, c'est encore fermé, elle entre par l'entrée de service, reconnaît un des assistants et lui demande si David est là. Ne devait-il pas venir au musée aujourd'hui ? Si, il doit venir au musée aujourd'hui, ils ont commencé un grand travail de tri, il lui montre une longue table, encombrée

de sacs de plastique et d'objets. Mais il est
souvent un peu en retard. Puis-je lui transmettre
un message ? Non, ce n'est pas nécessaire, je
l'appellerai plus tard. Nous serons ici tout
l'après-midi, dit l'assistant et il sourit poliment.
Oui, c'est bien, dit Karin distraitement. Je voulais l'inviter à dîner, ajoute-t-elle. Je comprends,
dit l'assistant. David est un être merveilleuse-
ment sympathique. Karin ne répond pas, elle
incline la tête rapidement et s'en va.

Elle ouvre la porte de l'appartement avec sa
clé personnelle. Tout est vide et silencieux. David
a fait ses bagages et est parti. Il est parti. Il est
parti.

Elle reste assise un long moment sur le lit et
regarde à travers les carreaux sales. Voici la
longue rangée de fenêtres en face avec ses espaces
noirs. Voici le lit défait, le fauteuil aux ressorts
fatigués. Il a oublié ses pantoufles, elles sont là,
abandonnées, près de la table. Dans la cuisine,
règne le désordre. Le départ a été précipité. Elle
regarde autour d'elle. Pas de lettre, pas de message. Les clés sont sur la table dans la grande
pièce. Une douleur physique commence à gagner
ses membres, ses yeux brûlent, elle a du mal à
respirer.

Elle ouvre le secrétaire, trouve les photographies qu'elle lui a données, mais aussi les lettres
qu'elle a écrites et les petits messages. Il y en a un
gros paquet.

Elle va dans la cuisine, emplit un verre d'eau. Boit avidement, mais cela ne calme pas la douleur. Laisse tomber le verre sur la surface dure de l'évier. L'eau gicle, les débris restent là, coupants et tentants. Elle se coupe à la main, regarde le sang monter dans sa paume. Cela calme un moment.

21

À l'heure du déjeuner, Karin rend visite à son mari, à l'hôpital. Son bureau se trouve tout en haut de l'énorme bâtiment. Dans le bureau de la secrétaire, règnent le travail et l'ordre. (La secrétaire est une belle jeune femme, extrêmement soignée, extrêmement aimable, extrêmement impersonnelle.) Tandis que Karin attend Andreas, elle se sent pour ainsi dire le devoir de converser poliment avec la femme de son patron. Elle commence avec les enfants, elle-même a une petite fille. Se plaint de ce qu'il y ait eu tant de malades cette année, tout le monde a été malade. Raconte ensuite qu'elle a trouvé des perce-neige sur les plates-bandes le long du mur du côté sud. Demande poliment si Karin a déjà quelques perce-neige. Oui, Karin en a. Dit soudain que le professeur entreprend trop de travaux, cette grande étude sur la nouvelle clinique neurologique est vraiment accablante. Et le docent Backman qui s'est porté malade. Ce n'est pas loyal. Non, ce n'est pas chic.

Andreas entre rapidement, fait un sourire accueillant à Karin, mais redevient aussitôt grave lorsqu'il voit son visage. Il échange quelques mots avec la secrétaire. Je voudrais juste parler quelques minutes avec toi, dit Karin disciplinée. Je comprends, dit Andreas. Peux-tu demander à Jacobi de venir plutôt cet après-midi, comme cela nous pourrons parler tranquillement. Du reste je suis horriblement fatigué. Jacobi, cinq heures et demie, ça va. C'est bien, dit Andreas et il ouvre la porte de la pièce intérieure. Alors je vais déjeuner maintenant, dit la secrétaire. C'est cela, dit Andreas et il fait un signe de tête.

Ils sont seuls dans la pièce intérieure, qui est grande et belle, mais arrangée d'une façon tout à fait impersonnelle. Andreas enlève ses chaussures. Excuse-moi si je m'allonge pour parler, dit-il en se couchant sur le sofa ; il met un coussin sous sa tête. J'ai une migraine terrible.

Karin s'assied à la table de travail. Qu'as-tu à me dire ? Apparemment quelque chose de désagréable, dit Andreas, et il sourit misérablement.

Il faut que j'aille à Londres, dit Karin. Je sais que je ne devrais pas partir. Mais c'est ainsi :

David m'a quittée. Il faut que je le voie. Il faut que je lui parle. Il faut qu'il puisse me dire *pourquoi* il m'a quittée. Essaie de me comprendre.

Je ne te comprends pas, dit Andreas calmement. Je n'ai pas l'intention d'accepter que tu partes en catastrophe à l'étranger pour chercher ton amant. Il y a une limite à ce que je puis supporter. Je trouve que tu as dépassé cette limite. Si tu pars, tu n'as pas besoin de revenir. Si par contre, tu restes, et essaies de surmonter ta panique, je te promets de t'aider de toutes les façons.

Je voudrais juste partir quelques jours.

Tu entends ce que je dis. Si tu pars, il n'y a aucun chemin de retour, c'est très simple. Si tu ne pars pas, nous nous aiderons mutuellement à trouver la voie de la clarté dans toute cette affaire difficile et incompréhensible.

Seulement un jour, Andreas. Je t'en prie. Sois juste.

Ne parle pas de justice, dit Andreas avec une haine soudaine. Ne me demande pas de la considération ni de la compréhension. Prends tes responsabilités et assume-les. Fais ton choix, Karin. Et portes-en pour une fois les conséquences.

Andreas se redresse, s'assied, il est blême et a des cernes profonds sous les yeux. Il la regarde avec un mépris solide, calme.

Voilà près de deux ans que ce drame se joue. Maintenant je suis fatigué. Je n'ai pas envie de jouer un acte de plus.

Karin regarde son mari sans détourner les yeux. Un court instant elle perçoit la douceur de la catastrophe finale. Il faut bien qu'une souffrance prenne fin, Karin. Ça ne peut pas durer éternellement. Je ne veux pas être empoisonné par la haine et la méchanceté. Je ne veux pas te haïr.

Il faut que je parte, dit Karin doucement.

Je comprends ça, dit Andreas calmement. Nous réglerons les conséquences pratiques quand tu reviendras. Veux-tu parler toi-même aux enfants ? Ou bien dois-je le faire ?

Il vaut mieux que tu leur parles.

Je te serais reconnaissant de partir maintenant, dit Andreas, fatigué.

Et elle s'en va.

22

Elle est à présent devant le contrôle des passeports, à l'aérodrome de Londres. L'employé lui demande ce qu'elle vient faire en Angleterre. Elle est déconcertée car elle n'avait pas prévu cette question. Je ne sais pas, dit-elle. Je vais voir des amis. Quelle sorte d'amis, dit l'homme avec un air de profond ennui. De bons amis ? Je suis ici comme touriste, répond Karin. Vous faites donc un voyage de tourisme, dit l'homme soulagé, et il ajoute : vous auriez pu le dire tout de suite.

Elle s'installe dans un énorme hôtel très sale dans le centre de la ville, on la fourre dans un misérable cagibi, très loin au bout d'un couloir dégoûtant et sans fin. La vue donne sur un mur, si proche qu'elle pourrait le toucher. Elle se lave, change de vêtements et descend en ville.

C'est un soir de printemps tiède avec un énorme orage suspendu en nuages noir et jaune, sur la ville. Dimanche. L'enfer gris des rues, le tintement lointain d'une cloche. Un palais de la danse allume son enseigne lumineuse dans le crépuscule orageux. Derrière les piliers et sur les escaliers, se tiennent des garçons et des filles émaciés, portant des habits étranges. Ils sont à demi cachés, ont l'air de fantômes bleuâtres, ne parlent pas entre eux.

Karin trouve un taxi qui la conduit à la bonne adresse. C'est une zone d'habitation immense, aux maisons à demi délabrées, le long de rues très larges, rouges et sales. Ici et là quelques enfants shootent dans un ballon ou se déplacent en hurlant comme des oiseaux affamés. Une autre cloche d'église tinte — mais c'est le même ciel

orageux et lourd, le même rêve, la même angoisse
sans rémission.

Elle monte quatre étages, il n'y a pas de nom
sur la porte, elle frappe.

Une femme ouvre. Elle est très petite, avec une
grosse poitrine et de larges hanches sous la robe
du dimanche collante et peu gracieuse. Les yeux
sont bleus et enfantins. Le visage est rond et
enfantin et la bouche large, avec des rides
amères.

Est-ce que David habite ici ? demande Karin,
immédiatement. La femme fait oui de la tête : il
habite ici, mais il n'est pas à la maison. Puis-je
l'attendre ? Je ne pense pas qu'il rentre
aujourd'hui. Karin regarde au loin, elle ne supporte pas le regard de l'autre, elle est très fatiguée à présent. Ne voulez-vous pas entrer et vous
asseoir un petit moment, dit la femme aimable-
ment. Je m'appelle Sara, ajoute-t-elle en souriant. Je sais que vous vous appelez Karin.

Karin entre dans l'appartement, qui comprend
deux pièces et un petit espace cuisine. Il n'y a
presque aucun meuble, aucun tableau au mur.
Les deux femmes s'asseyent à côté de la table
bancale et pleine de taches. Sara offre un verre
de cognac, que Karin prend avec reconnaissance.

Êtes-vous sa femme ? demande Karin. Sara
éclate de rire, comme si la question était
comique. Je suis sa sœur, dit-elle. Je fais le
ménage pour lui.

À moi, il a dit qu'il n'avait plus de famille. Sara hausse les épaules, montre avec son doigt une dent cassée.

Voulez-vous manger quelque chose, demande-t-elle. J'ai un peu de saucisson et de fromage à la maison. Je peux faire quelques sandwiches si vous avez faim. Non merci, dit Karin. Non merci, c'est très gentil, mais je n'ai pas faim.

Les deux femmes se regardent en silence. Attendez-vous un enfant, demande Sara. Karin fait signe que oui. De qui est l'enfant ? demande Sara. De David ou de votre mari ? Cela a-t-il une importance ? demande Karin. Pourquoi atten-dez-vous un enfant ? demande Sara. Je ne sais pas. Ça a l'air un peu bizarre, n'est-ce pas ?

Pas pour moi, dit Sara, et elle boit. Karin regarde ses mains, elle tient son verre maladroi-tement, de travers. Sara voit son regard : vous regardez mes mains, n'est-ce pas ? C'est une paralysie des muscles. Atrophie. C'est dans notre famille et il paraît qu'on ne peut pas l'expliquer scientifiquement. David en souffre aussi, mais ce n'est pas aussi visible. Ça se met dans les mains et dans les pieds.

Et elle sourit un peu et dit avec le même ton que David : qu'allons-nous faire maintenant ? Allons-nous parler de David ? Racontez-moi donc des choses sur vous-même, dit Karin, qui commence à avoir des malaises et qui souffre d'une angoisse indéfinie.

Sara secoue la tête : je ne crois pas que cela puisse vous intéresser.

Vous êtes quand même la sœur de David, dit Karin, paralysée.

Oui, très juste, nous avons tout en commun, en tout cas ces dernières années. Sara sourit : nous sommes inséparables.

Vous êtes mariée, demande Karin.

J'ai perdu mon mari dans la guerre des Six jours. David a reçu sa formation à l'Université de Tel Aviv. Quand il a obtenu son examen, il est parti. Je pensais que c'était mal. Elle verse la dernière goutte qui reste dans la bouteille. Quand je suis restée seule, j'ai cherché David, ici, à Londres. Nous sommes inséparables comme on dit, David et moi. Il dit qu'il ne m'abandonnera jamais. Si vous comprenez ce que je veux dire.

Silence. Un bref regard anxieux : vous comprenez, non ?

Karin se lève. Merci. À présent je m'en vais Reviendrez-vous demain ? Non, je ne pense pas que je reviendrai.

Elles se disent au revoir et Karin est dans la rue. Elle regarde en l'air, et voit Sara qui lui fait des signes à la fenêtre.

Le soir, Karin est assise absolument tranquille, dans sa chambre d'hôtel, et regarde tomber la lumière du soir, et les reflets que font les lampes de la rue, sur le plafond et sur les murs. Elle entend des voix étrangères et des pas dans le couloir, une femme rit et crie d'une voix excitée, dans la chambre au-dessus. Quelque part, on entend une musique de danse.

Elle est assise, les mains jointes sur les genoux, et regarde par la fenêtre, les heures passent. De temps en temps, elle pleure doucement, les larmes commencent de couler, elle renifle et soupire un peu. Puis elle sèche ses larmes. Puis elles reviennent. Le soir devient nuit.

23

Automne précoce, début de septembre. Karin et Agnès sont assises ensemble devant la grande table de la cuisine. Entre elles est posé un énorme panier plein de pommes du jardin. Elles sont en train de les éplucher et de les couper en morceaux. Le soleil brille très fort et les fenêtres sont ouvertes. Karin est maintenant dans un état de grossesse avancé. Elles travaillent dans un silence paisible.

Je voudrais te demander une chose, dit Agnès. Karin secoue la tête : bien sûr. Mais il ne vient aucune question. Agnès se concentre sur l'épluchage d'une grosse pomme. Alors, qu'est-ce que tu voulais me demander ?

Je voulais savoir si tu pensais vraiment nous abandonner, nous et Papa, quand tu es allée à Londres, au printemps dernier. Tu pensais nous plaquer et vivre avec David ?

Karin réfléchit un instant. Anders court dans la cuisine, furieux, il réclame un bandage ou n'importe quoi, il est tombé avec sa bicyclette et s'est fait mal au genou. On répare les dégâts, le calme revient et Anders s'éloigne.

Tu as oublié de répondre à ma question, dit Agnès, en continuant d'éplucher et de couper.

Karin réfléchit, pose son couteau et s'essuie les mains sur son pantalon. Je ne sais pas ce que je dois dire, répond Karin. Je n'ai jamais pensé à toi, ni à Anders, ni à Papa. Je ne pensais pas, en général.

Je ne comprends pas ça, dit Agnès, avec un soupçon de dédain.

Non, dit Karin. Je n'exige pas que tu comprennes quelque chose que je ne comprends pas moi-même.

Les mains de Karin travaillent. Sa conscience l'entraîne dans ses souvenirs et ses expériences : elle a mis au monde deux enfants, va bientôt accoucher d'un troisième, qu'elle souhaite et désire. Elle sait tout de la vie quotidienne, qui lui donne sans cesse des informations ; elle embrasse du regard les problèmes et les résout avec son expérience et son intelligence. Elle ne ressent ni dégoût ni fatigue. Le seul fait de vivre est pour elle l'évidence.

Elle ne pose pas de questions, ne se plaint pas. Les jours passent, l'un ne se distingue pas tellement de l'autre, cela ne l'effraie pas. Elle mûrit, elle amasse de la connaissance. Durant une courte période de sa vie, elle a été atteinte d'une fièvre douloureuse, qui l'a obligée d'agir d'une façon inhabituelle, à prendre des décisions étranges, à créer de la souffrance. Puis elle est retournée avec humilité à sa réalité connue et a essayé de réparer ce qu'elle pensait avoir cassé.

C'est pour Papa que ç'a été le plus dur, dit Karin et elle regarde Agnès dans les yeux.

24

Un après-midi d'hiver, gris et pluvieux, juste avant le crépuscule, Karin va à son cours d'italien et prend des chemins de traverse, dans le jardin botanique de la ville, à présent nu et dépouillé de ses feuilles. Elle est dans un état de grossesse très avancé, mais se meut quand même avec légèreté.

Elle l'aperçoit déjà de loin. Il l'attend au lieu de rencontre prévu : le pont sur la petite rivière qui court à travers le parc. Il est en train de regarder l'eau, il a la tête nue et porte un vieil imperméable. Quand il la voit, il se dirige immédiatement vers elle, essaie de l'enlacer, mais elle s'écarte vivement, n'ose pas le regarder dans les yeux.

Pourquoi devons-nous nous rencontrer dans cet endroit idiot, dit David violemment. Viens, allons à mon hôtel.

Non, dit Karin. Non. Je ne veux pas. Nous pouvons nous voir seulement cinq minutes, je vais à mon cours d'italien. Il commence à quatre heures. Ici, on peut se rencontrer sans que personne ne nous voie. (Elle sourit faiblement.) Il y a eu assez de scandales pour moi. Tu n'as jamais pensé que ceci est une petite ville.

Toi non plus, dit David en souriant. J'y ai pensé, mais je m'en suis moqué.

Puis ils ne savent plus que dire, ils se taisent. Karin a un peu froid. Marchons un peu, j'ai froid, il fait terriblement froid. C'est la pire période de l'année. Si, si, bien sûr, dit David, fatigué, et il marche à ses côtés. Et ils se taisent à nouveau.

Tu avais envie de parler avec moi, dit Karin. Sans qu'elle le veuille, son ton est assez formel.

Tu avais envie de parler avec moi, l'imite David et il rit.

Qu'est-ce que tu exiges exactement ? dit Karin

et elle se tourne vers lui. Tu arrives brusquement, venant Dieu sait d'où, et tu m'appelles au
beau milieu du dîner et tu dis que tu veux me
rencontrer, que c'est terriblement important,
que je dois aller à ton hôtel. Je crois que tu es un
peu fou. Tu n'as pas le droit de venir ici et
d'exiger quelque chose, je ne sais pas quoi.

Elle le regarde avec angoisse. David se tait, sa
paupière a des tiraillements.

J'ai essayé de vivre sans toi, dit-il au bout d'un
moment. J'ai cru que c'était possible. J'ai cru
que je pourrais revenir à mon ancienne existence. Je ne le peux pas. Cela fait mal physiquement d'être sans toi.

C'est comme une douleur continuelle, où que
j'aille, je ne peux y échapper. Je ne savais pas
qu'il en serait ainsi. Je ne savais pas que j'étais si
profondément lié à toi. Je pensais que cela passerait. Quand je t'ai quittée, c'était pour échapper
à plusieurs sentiments, aux larmes, aux éclats. Je
n'avais plus la force de supporter tout cela. Je
voulais trancher, couper avec tout cela. Je voulais avoir la paix. Mais il n'en a rien été. Tout n'a
fait qu'empirer. Je ne peux pas vivre sans toi. Ça
paraît tellement grotesque et ridicule de dire que
je ne peux pas vivre sans toi. Mais c'est vrai. Je
ne trouve pas de meilleure expression. Tout a
changé, je ne sais pas ce qui s'est passé, je ne le
comprends pas. Je ne suis plus le même homme,

je pense et réagis et sens de façon différente.
Autrefois, avant de te rencontrer, je pouvais
vivre sans vivre, cela ne faisait rien. Tout est
indifférent, de toute façon.

Elle secoue la tête. N'ajoute plus rien, David.
Cela devient si difficile.

Il devient soudain très pratique : écoute-moi,
maintenant, Karin. J'ai reçu une proposition
pour être professeur à l'Université de Arhus.
Nous pourrions vivre une vie rangée selon tes
conditions. Tu pourras prendre les enfants avec
toi, tout sera comme tu le veux. Tu auras ta
sécurité. Je n'ai pas l'intention de te bousculer.
Je ne veux pas que tu te décides tout de suite. Je
peux attendre. Je serai patient.

Je m'en fiche maintenant de la sécurité, dit
Karin rapidement. Je m'en fiche, car je sais qu'il
n'existe aucune sécurité autre que celle qu'on
atteint à l'intérieur de soi-même.

Elle n'a rien d'autre à dire : adieu, David.
Laisse-moi partir, maintenant. Cela n'a pas de
sens. Nous n'avons plus rien à nous dire.

Tu ne peux pas m'abandonner ainsi, dit David
furieux et il lui saisit brutalement le bras, comme
pour l'arrêter. Je t'en supplie, ne pars pas.

Elle le regarde soudain. Pauvre David. Je
t'aime tellement. Je t'aime.

Ce n'est pas vrai.

Si c'est vrai. C'est la vérité. Aucun être au

monde ne m'a fait autant de mal que toi. Aucun
être au monde ne m'a fait autant de bien que toi.
Je ne te suivrai quand même pas, David. Peut-
être cela me fera-t-il souffrir aussi longtemps que
je vivrai. Je sais que cela me fera toujours mal.

Tu dois avoir de solides raisons, si tu penses
que les choses sont comme ça, dit David avec une
soudaine ironie.

Pour moi, ce sont des raisons solides, pour toi
ce sont de mauvaises raisons, je le sais. Pour toi
ce ne sont pas des raisons du tout.

Elle regarde au loin, prend son courage à deux
mains et dit d'une voix basse et rapide : je crois
que c'est mon devoir de rester là où je suis. C'est
peut-être une trahison de moi-même, mais je ne
le crois pas. Je *veux* être chez toi, *tout en moi
désire être chez toi*. Je pourrais lâcher tout. Je
n'ai plus peur, à présent. Peut-être si ma mère
vivait — ce serait différent. Je ne sais pas. Mais
je crois que j'ai le devoir de rester ici, c'est
pourquoi je le fais.

Il la prend durement par le bras. Je sais que tu
mens. Ce n'est qu'une fuite. Tu ne penses pas ce
que tu dis. Je connais les vraies raisons. Elles
sont tellement pourries et triviales et lâches que
je n'ai même pas la force de les énumérer. Tu ne
saisis pas le schéma, Karin !

Karin ne répond pas, elle a fermé les yeux,
ferme son visage et son corps. Au bout d'un

instant, il la lâche tellement violemment qu'elle perd l'équilibre et tombe sur le côté. Il ne bouge pas, détourne seulement le visage.

Je sais que tu mens, répète-t-il plus calme, et d'un ton froid. Elle ne répond pas, secoue la tête. Je sais que tu mens, entends-tu.

Comme elle ne répond toujours pas, il la laisse. Il s'est mis à pleuvoir. Elle ramasse avec précaution ses livres d'italien qu'elle avait laissés tomber.

Composition Euronumérique
Impression Société Nouvelle Firmin-Didot
le 17 août 1994.
Dépôt légal : août 1994.
Numéro d'imprimeur : 27871.
ISBN 2-07-038917-0/Imprimé en France.

68225